ACTE V, SCÈNE VII.

LES
CHIENS DU MONT-SAINT-BERNARD,

MÉLODRAME EN CINQ ACTES,

Par M. Benjamin Antier,

REPRÉSENTÉ POUR LA PREMIÈRE FOIS A PARIS SUR LE THÉATRE DE L'AMBIGU-COMIQUE,
LE 24 AOUT 1838.

PERSONNAGES.	ACTEURS.	PERSONNAGES.	ACTEURS.
LE SEIGNEUR DE MAUFI-LATRE, commandant les dragons du roi.	M. SAINT-ERNEST.	SARPEAU GRIS, camisard.	M. SAILLARD.
		LA BLOUSE, camisard.	M. BARCLA.
MARGERIN, imagier de la cathédrale.	M. PAUL LABA.	LE SUPÉRIEUR de l'hospice.	M. GASCIN.
CHAMPFLEURY, lansquenet, ami de Margerin.	M. SALVADOR.	MATHIAS, frère de l'hospice.	M. MONNET.
THIBAUDIER, orfèvre.	M. DANGUIN.	UN GUIDE.	M. ALFRED-GUYON.
JOANNES, Bohémien, valet de Mauflàtre.	N. GILBERT.	ALIX.	Mme FIELVILLE.
PIERRE, commissionnaire et plus tard pâtre.	M. CLAIRVILLE.	Mme THIBAUDIER.	Mme BARVILLE.
LIÉTARD, homme de loi.	M. DELAUNAY.	GISQUETTE, servante de Thibaudier.	Mme BOBÉ.
MUGARET, espion.	M. CULLIER.	PREMIÈRE FEMME du peuple.	Mlle LAURE.
		DEUXIÈME FEMME du peuple.	Mlle HÉLOÏSE.
		LOUIS, fils d'Alix, âgé de 5 ans.	Mlle ZOÉ.
		SOLDATS et PAYSANS.	

ACTE PREMIER.

Le théâtre représente la rue des Merlettes à Grenoble. La maison et la boutique de Thibaudier l'orfèvre, à gauche en saillie. Le rez-de-chaussée et le premier vitré permettent de voir dans l'intérieur.

SCÈNE PREMIÈRE.

Pierre sort le premier de la maison, Thibaudier le suit, Mahu et Liétard viennent après.

THIBAUDIER, MAHU, LIÉTARD, PIERRE.

THIBAUDIER, à Pierre.

Et surtout, Pierre, ne t'amuse pas, nous avons de la besogne encore.

PIERRE.

Comment, not' bourgeois! je r'viendrai?

THIBAUDIER.

Jusqu'au dernier ballot, mon garçon.

PIERRE.

C'est que ça me tiendra jusqu'à la nuit à tra-

32. 15

vailler, et c'est dimanche aujourd'hui, maître Thibaudier.

THIBAUDIER.

Que ça ne t'inquiète pas, j'ai la permission du grand-vicaire; ainsi va toujours, tu seras bien récompensé de ta peine.

PIERRE.

Ça suffit.

THIBAUDIER, revenant aux deux autres.

Je vous demande bien pardon, mes maîtres; ainsi, compère Mahu, demain vous pourrez venir prendre possession du fonds et de la boutique d'orfévrerie que je vous cède, par contrat passé devant maître Liétard ici présent, et notre ami commun. Il a nos deux signatures; il se chargera de vous remettre les doubles clefs de la maison dès que vous aurez versé dans ses mains les fonds qui me reviennent.

MAHU.

A demain donc, compère, et soit fait ainsi que vous le décidez. A tantôt, après vèpres, maître Liétard, je passerai chez vous.

LIÉTARD.

A tantôt.

Mahu s'éloigne.

SCÈNE II.

THIBAUDIER, LIÉTARD.

THIBAUDIER.

Dieu merci, voilà mes affaires en règle, et je peux terminer mes préparatifs.

LIÉTARD.

Ce voyage dont vous avez parlé tout-à-l'heure comme d'une chose encore en projet est donc plus prochain qu'on ne pense?

THIBAUDIER.

Si prochain que vous aurez peine à le croire. Et j'attendais que nous fussions seuls, et dehors, pour en causer avec vous.

LIÉTARD.

Dehors?

THIBAUDIER.

Oui, oui, dans votre étude, comme chez moi, il y a trop d'oreilles et de portes ouvertes. Mᵐᵉ Thibaudier, ma chère épouse, est certainement la femme la plus pieuse, la plus respectable que je connaisse, mais c'est aussi, après ma servante Gisquette pourtant, la plus curieuse et la plus bavarde! Comme on connaît les saints...

LIÉTARD.

Ah ça! eh bien! quand partez-vous donc?

THIBAUDIER, après avoir regardé autour de lui.

Ce soir, après le couvre-feu.

LIÉTARD.

Est-il bien Dieu possible que vous ne me fassiez point un conte?

THIBAUDIER.

Non, non, non, non; il est même temps et bien temps que je m'en aille.

LIÉTARD.

Est-ce que c'est l'amour de ce gentil Margerin, l'imagier de la cathédrale, pour votre nièce Alix qui vous effraie assez pour vous presser si fort?

THIBAUDIER.

Hum! hum! je ne suis déjà pas si tranquille de ce côté-là, quoiqu'il ait obéi ponctuellement à l'injonction de ne plus mettre le pied à ma boutique.

LIÉTARD.

Il me semble que vous auriez pu vous montrer moins sévère. Margerin est un garçon honnête, modeste, bien élevé. Sa profession d'imagier, honorable et lucrative, le met en bon rapport avec de nobles seigneurs et de dignes ecclésiastiques. On dit même qu'il a reçu de Versailles trois rouleaux de louis doubles pour une collection de miniatures sacrées qui l'ont mis très en vogue.

THIBAUDIER.

Je sais, je sais tout cela comme vous, et aussi ce que vous allez me dire pour conclure : Que ne mariez-vous ensemble les deux enfans!

LIÉTARD.

C'est, en effet, ma pensée.

THIBAUDIER.

Eh bien! je ne peux pas les marier, parce que cette belle et blanche Alix, que j'ai chez moi depuis l'âge de dix-huit mois, comme fille d'un de mes frères, (avec mystère) n'est pas ma nièce plus que la vôtre.

LIÉTARD.

Oh! oh!

THIBAUDIER.

C'est la fille du duc de Cressac, poursuivi comme protestant lors de la révocation de l'édit de Nantes, et obligé de prendre la fuite et de se réfugier en Bohème.

LIÉTARD.

Eh! quels rapports existaient donc entre le duc et vous, pour que vous affrontiez tous les tristes résultats possibles d'un pareil service?

THIBAUDIER.

Né au château le même jour que le père d'Alix, dont mes parens étaient régisseurs, il n'a jamais oublié que nous avions passé ensemble notre enfance, et lorsque le temps de l'infortune est arrivé, l'honnête et brave seigneur est venu en cachette frapper à ma porte par une nuit froide et pluvieuse, et, me montrant un enfant de dix-huit mois enveloppé dans son manteau, il m'a demandé avec une digne simplicité : « Thibaudier, mon ami, les catholiques pillent et brûlent tout là-bas; ma tête est mise à prix; je tâcherai de la sauver si je suis tranquille sur le sort d'Alix. Veux-tu garder ma fille? — Comment! si je veux, monseigneur! m'écriai-je en la prenant de ses bras; c'est bien de l'honneur que vous me faites. » Et pleurant à chaudes larmes de cette preuve d'estime, je cherchais à baiser ses mains pour l'en remercier; il serra les miennes, l'honnête homme, et me dit en sortant pour adieu : « Mon pauvre ami, prions Dieu qu'il éclaire le roi, car il est bien mal conseillé. »

LIÉTARD.

C'est bien, Thibaudier, c'est très-bien; et je connais de fort bonnes gens, selon le monde, qui n'en auraient pas fait autant que vous.

THIBAUDIER.

Pendant dix-sept ans que je restai sans nouvelles, je n'eus qu'à me louer de sa modestie et de sa docilité. Il y a cinq mois, un certain Joannes, un Bohémien au teint cuivré, m'apporta un petit coffre contenant des pierreries de famille, des titres et des parchemins, avec une dépêche que le duc de Cressac avait tracée pour moi quelques heures avant de mourir. Or, mon cher maître, les titres constatant qu'Éléonore Françoise Alix, le seul rejeton direct, l'unique héritière de la famille, n'ayant pas quitté la France, aura droit, d'après les ordonnances, à la succession de son père.

LIÉTARD.

Ah! quel bonheur pour cette chère enfant!

THIBAUDIER.

Assuré de la protection de messire Esprit Fléchier, l'évêque de Nîmes, mon parent, je me préparais alors tout doucement à vendre mon fonds de boutique pour l'automne, dans trois mois, et à me rendre à Paris avec ma famille, pour y solliciter l'agrément de sa majesté notre grand roi Louis XIV, afin qu'Alix pût rentrer dans les biens de ses ancêtres.

LIÉTARD.

Et quelle circonstance vous a fait changer ces dispositions et précipiter votre départ?

THIBAUDIER.

Un incident bien imprévu : dimanche dernier, le seigneur de Maufilâtre, arrière parent... oh! mais très-éloigné des Cressac, capitaine du roi en Dauphiné, et très-zélé, d'aucuns disent trop zélé catholique, est venu sans préparation pour me demander la main de ma nièce.

LIÉTARD.

Ah! bah! voilà qui est singulier, un arrière-parent qui vient s'offrir pour épouser sa cousine sans le savoir.

THIBAUDIER.

Il le savait, le rusé gentilhomme! il le savait par le messager du duc de Cressac défunt, ce Bohémien Joannes, qu'il a pris à son service; et c'est lorsqu'il a connu, comme je l'ai appris, l'envoi des pierreries, la naissance d'Alix, ses titres et ses droits, qu'il est venu faire à ma barbe du désintéressement, assuré qu'il était d'en être bien largement récompensé; malgré cela, je crus devoir parler de sa demande à notre Alix.

LIÉTARD.

Ah! voyons!...

THIBAUDIER.

Elle répondit, mais résolument, que, choquée des grands airs et de la familiarité suffisante du gentilhomme; elle ne pouvait le souffrir, que d'ailleurs elle ne serait jamais la femme d'un fanatique connu par sa cruauté envers les malheureux religionnaires, dont il était le plus ardent persécuteur.

LIÉTARD.

Diable! diable!... elle a de la tête!

THIBAUDIER.

Il fallut faire passer ce refus... aussi poliment que possible, et je m'attendais à quelque vilain éclat; le capitaine se contint, Dieu merci; il se retira même assez convenablement, et ne reparut point à la boutique; mais dans les huit jours qui ont suivi... j'ai vu tantôt lui, tantôt Joannes, quelquefois tous les deux, rôder, chuchotter à la brune dans les environs, comme des gens aux aguets; et comme je connais la moralité du pèlerin, craignant quelque trame, quelque trahison, que sais-je! quelque enlèvement...

LIÉTARD.

Oh! il en est capable!

THIBAUDIER prenant *Liétard par le bras, lui dit à demi-voix.*

Tenez, avais-je raison de vous dire que le maître et le valet ourdissent quelque noirceur; les voyez-vous là-bas, de quel air ils examinent ma maison et se la montrent en marchant? Ourdissez, mes bons amis, tournez autour de la cage, mais ne comptez pas sur les oiseaux. Je ne veux pas avoir l'air de m'occuper d'eux. Voilà mon porteur, je rentre avec lui.

LIÉTARD.

Adieu donc et bon voyage; j'attendrai de vos chères nouvelles!

THIBAUDIER.

Et vous n'attendrez pas long-temps, Adieu!

Ils se serrent la main; Pierre passe en les saluant; Maufilâtre et Joannes entrent en scène comme des gens qui se promènent; Thibaudier rentre chez lui derrière le porteur; Liétard sort à l'opposé de la maison.

SCÈNE III.

MAUFILATRE, JOANNES, GISQUETTE, CHAMPFLEURI.

MAUFILATRE.

Par la mordieu, Joannes je te reconnais bien pour le drôle le plus intelligent et le plus rusé de ton Bohémien de pays, et je te promets de te faire mon premier écuyer dès que je serai définitivement duc de Cressac.

GISQUETTE, *à la fenêtre au premier.*

Voyez donc si ce vilain Champfleury viendra.

Elle regarde dans la rue.

JOANNES, *à Maufilâtre.*

Je peux donc commander mon équipement monseigneur et maître, car cette nuit ce sera chose terminée, puisque la clef que je vous ai fait faire vous donnera tous les titres que j'ai rapportés de Bohême.

MAUFILATRE.

Ah! capricieuse endiablée, vous ne voulez pas partager avec moi, gentilhomme de la famille, le duché et les beaux domaines de votre hérétique de père! Eh bien, ma chère belle, je garderai le tout pour moi seul, et vous croupirez dans votre obscurité bourgeoise de petite nièce de marchand orfèvre de la rue des Merlettes... j'en ai pourtant du dépit... plus que cela... de la colère, de la rage!... oui!... par le démon, je m'habituais à l'aimer comme un bien à moi appartenant! cette maudite espérance qu'elle serait trop heureuse de consentir,.. m'avait donné, je crois, des idées de sagesse depuis huit grands jours.

GISQUETTE, *toujours à la fenêtre.*

J'ai beau m'écarquiller les yeux pour l'apercevoir, il ne s'en presse pas davantage; et justement que M. Thibaudier m'a défendu' passer l'pas d' la porte aujourd'hui... a-t-on vu c' t'idée!

MAUFILATRE.

Si je croyais ce qu'on bavarde par la ville, que c'est le petit clerc tout frêle, le galant barbouilleur de saintes images...

JOANNES.

Oh ! ce dameret de Margerin.

MAUFILATRE.

Oui... qui tourne la cervelle d'Alix avec ses devises latines et ses grands yeux sournois... je le ferais fustiger par nos dragons, sous les croisées de sa belle, après lui avoir arraché brin à brin les poils follets de ses blondes moustaches.

JOANNES.

Il y aurait plus de profit pour vous à lui arracher sa maltresse.

MAUFILATRE.

L'un n'empêche pas l'autre, et tu me donnes là une bonne idée; prendre de force ce qu'on ne veut pas nous donner de bonne volonté !

JOANNES.

Oui, par Mahomet, pour les châteaux comme pour les fillettes ; et nous commencerons par les châteaux, grâce à la clef que j'ai fait faire sur l'empreinte de la véritable.

MAUFILATRE.

Es-tu bien certain qu'elle ouvrira la boutique?

JOANNES.

Je vous dis qu'elle est tout-à-fait pareille à celle de Thibaudier ; on les prendrait l'une pour l'autre.

MAUFILATRE.

Il n'y a plus que le bruit que l'on peut faire en entrant.

JOANNES.

Cela aurait son danger si l'orfèvre couchait dans son logis; mais son absence lève toute difficulté. Il ne reste que trois femmes; du fond de leur lit, elles entendraient quelque chose qu'elles se blottiraient sous la couverture, en invoquant à voix basse tous les saints du calendrier, qui ne leur viendraient pas en aide.

Champfleury, *enveloppé d'un manteau, un chapeau à grands bords sur la tête, paraît au fond*

GISQUETTE, *qui regardait.*

Ah! le voilà, mon Champfleury; faut que j' tâche qu'il me voie.

MAUFILATRE.

Dis donc, Joannes, c'est égal, tout en dépistant le vieux renard, il faut convenir qu'il a bon flaire; il avait senti les chiens.

CHAMPFLEURY, *regardant les deux interlocuteurs.*

Diable soit des bavards qui s'arrêtent où j'ai besoin!

Il traverse le théâtre au fond.

GISQUETTE.

Ah! mon Dieu, mon Dieu, le voilà qui passe outre, à présent!

MAUFILATRE.

Recommander qu'on taise son absence, ne partir qu'à la nuit venue... oh ! c'est par crainte de quelque tentative de mon crû, j'en jurerais ma tête de zélé catholique.

CHAMPFLEURY, *reparaissant.*

Ils s'en iront peut-être, à la fin!

Il continue sa marche au fond.

JOANNES.

Quelqu'un de plus fin que le marchand, c'est le cruchon de vin doux à l'aide duquel j'ai fait sortir des lèvres du voiturier les secrets et l'heure du départ.

Il fouille dans sa poche.

MAUFILATRE, *arrêtant Joannes qui va prendre sa route.*

Attends !

GISQUETTE.

Oh! si c'était le soir, comme j'arroserais les causeurs!

MAUFILATRE, *à Joannes.*

Tiens, voilà deux doublons ! va finir ta journée où tu voudras, jusqu'au moment de l'opération de ce soir; moi, je vais à la connétablie savoir si les convertisseurs ont fait bonne récolte d'ames à notre divin maître aujourd'hui, et si l'on brûlera beaucoup d'hérétiques opiniâtres demain.

On entend une sonnerie

GISQUETTE.

Voilà vêpres qui sonnent; mamselle va partir avec la bourgeoise, et il faudra les suivre. (*Elle aperçoit Champfleury et lui fait signe de la main.*) Oh!

JOANNES, *à Maufilâtre.*

Est-ce que vous tombez en contemplation ?

MAUFILATRE.

Non, je pense qu'elle va se rendre à l'office... va toujours, moi je veux la voir passer.

CHAMPFLEURY, *voyant Joannes quitter son maître.*

Oh ! ils en ont assez... il faut convenir que voilà d'honnêtes chrétiens qui avaient à tailler une fière bavette.

SCENE IV.

MAUFILATRE, CHAMPFLEURY, GISQUETTE, Mme THIBAUDIER, ALIX.

Mme THIBAUDIER, *sortant la première.*

Gisquette! Gisquette!

GISQUETTE, *en dedans, après avoir quitté la fenêtre.*

Qu'est-ce que vous voulez, madame?

Mme THIBAUDIER.

Allons donc, allons donc! le livre d'Alix et le mien! vite! le sermon sera commencé quand nous arriverons.

GISQUETTE, *à l'intérieur.*

Voilà, voilà, voilà, madame!

Alix entre en scène avant la servante.

MAUFILATRE, *la considérant.*

C'est qu'elle est adorable, la méchante créature!

Mme THIBAUDIER, *prenant des mains de Gisquette les livres, dont elle donne le premier à Alix.*

C'est bien, Gisquette, suivez-nous.

GISQUETTE, *embarrassée.*

C'est que...

Mme THIBAUDIER.

Eh bien?

THIBAUDIER, *à la fenêtre.*

Ne m'emmenez pas Gisquette, j'en ai besoin.

GISQUETTE, *à part.*

Allons, bon, v'là l'autre, à présent! j' vous dis que je n'aurai pas une minute...

Mme THIBAUDIER, *d'en bas à son mari.*

Vous lui laisserez le moment de lire ses vêpres, au moins.

THIBAUDIER, *à la fenêtre.*

Nous les lirons ensemble. Allez en paix.

GISQUETTE, *sur le pas de la porte.*

Ça s'ra bien amusant, tandis que Champfleury m'attendra.

MAUFILATRE, *saluant Alix, qui le lui rend à peine.*

Nous compterons ensemble plus tard, ma belle cousine, et vous serez trop heureuse alors, de revenir à moi.

CHAMPFLEURY, *resté à l'angle de la rue, ôte son chapeau à l'approche d'Alix et quand elle est tout près, dit aux deux dames.*

Que Dieu vous conduise et vous ramène!

Mme THIBAUDIER.

Merci, brave homme!

ALIX, *s'arrêtant pour envelopper une pièce blanche dans du papier et la donnant à Champfleury.*

Merci, je ne vous oublierai pas dans mes prières...

Elle la lui donne.

MAUFILATRE, *de loin.*

Est-il heureux, ce maraud-là! il donnerait envie d'être mendiant.

Il s'avance pour parler lorsque les dames ont disparu, et se trouve en face de Champfleury, qui venait en tirant la pièce blanche du papier.

SCENE V.

GISQUETTE, CHAMPFLEURY, MAUFILATRE.

MAUFILATRE, *au milieu de la scène et tout près.*

Eh! mais je ne me trompe pas!

CHAMPFLEURY, *relevant la tête.*

Oh! oh!

MAUFILATRE.

C'est ce garnement de Champfleury.

CHAMPFLEURY.

Tête sans cervelle et cœur chaud, oui, capitaine.

MAUFILATRE.

Et où vas-tu comme çà?

CHAMPFLEURY.

Je vas, je viens, comme vous, je me promène.

GISQUETTE, *sur la porte.*

Eh bien! le v'là qui cause avec l'autre, à présent!

MAUFILATRE.

Pourquoi donc as-tu quitté le service?

CHAMPFLEURY.

La balle d'un mousquet m'a donné mon congé.

MAUFILATRE.

Et qu'est-ce que tu fais ici?

CHAMPFLEURY, *hésitant.*

Ici? rien... c'est-à-dire je fais la cour aux jeunes filles, pour m'amuser; tenez, en voilà une là-bas qui brûle...

MAUFILATRE.

Et tu demandes l'aumône, avec çà?

CHAMPFLEURY, *à part.*

Il a vu la chose. (*Haut.*) Ah! capitaine, je la reçois par occasion. (*A part.*) Diable de Margerin, faut qu' ça soit pour le servir que je laisse croire une pareille chose.

MAUFILATRE.

Toi, tendre la main!

CHAMPFLEURY.

Dam! pour vivre...

MAUFILATRE.

Un soldat!

CHAMPFLEURY.

Est-ce qu'il ne faut pas qu'un soldat vive, quand ça ne serait que pour se faire tuer à l'occasion?

MAUFILATRE.

Et pourquoi ne pas demander les Invalides? le grand roi ne les a pas institués pour...

CHAMPFLEURY.

Ah! ma foi! du pain de l'État... assez mangé comme ça, capitaine; il est trop dur. (*A part.*) Gisquette m'en fait manger de plus croustillant.

MAUFILATRE.

Quand on est sans ressources...

CHAMPFLEURY.

Oh! sans ressources, capitaine...

MAUFILATRE.

Eh! mais pour mendier...

CHAMPFLEURY, *à part.*

Dieu! comme je patauge! faut bien que ce soit pour un ami. (*Haut.*) Je vas vous dire, j'en ai une grande de ressource, mais dont je ne veux pas abuser par délicatesse. C'est l'amitié d'un gentil coloriste de missels, en renom dans Grenoble.

MAUFILATRE.

Ah! tu connais ce blondin-là, toi?

CHAMPFLEURY.

Si je le connais! nous allions ensemble à l'école des Frères, il étudiait pour moi et je polissonnais pour lui, ce qui fait qu'il est devenu un imagier travailleur et moi un lansquenet paresseux; mais comme il gagne de l'argent dans son état et que la guerre ne m'a rapporté que des coups, je suis revenu au pays demander de l'occupation à mon ami Margerin, et dépenser ses sous patisis en attendant, car il m'en donne tant que j'en veux... quand il en a.

MAUFILATRE.

Eh bien! pour la peine veux-tu lui donner un conseil de ma part, à ton camarade Margerin?

CHAMPFLEURY.

S'il est bon, pourquoi pas?

MAUFILATRE.

C'est de ne jamais se trouver sur ma route.

CHAMPFLEURY.

Oh! (*Regardant en dehors.*) Comme ça se rencontre! il y vient justement, sur votre route... Vous pouvez lui dire vous-même, il est bon pour vous répondre, allez; s'il a son talent au bout d'ses doigts, il n'a pas sa langue au bout de sa plume.

SCÈNE VI.

MAUFILATRE, CHAMPFLEURY, MARGERIN.

CHAMPFLEURY, *allant à lui.*

Bonjour, Margerin. (*A part.*) Alix m'a fait l'aumône comme d'habitude.

MARGERIN, *bas.*

Ah! pourvu qu'elle m'annonce que nous nous verrons aujourd'hui!

CHAMPFLEURY, *le tirant par le bras.*

Tu ne pouvais mieux arriver, ce noble gentilhomme me chargeait d'un bon conseil, à ce qu'il dit, pour toi. (*D'un air comiquement grave.*) C'est le grand catholique Maufilatre.

MARGERIN.

Seigneur, j'ai besoin de conseils plus que tout autre, je suis tout oreilles pour vous écouter.

MAUFILATRE.

Eh bien! mon jeune muguet, puisque ce drôle s'est avisé de mettre un gentilhomme en jeu sans sa permission, je vous recommandais de ne jamais vous rencontrer sur ma route.

MARGERIN.

Je ne vais sur la route de personne, seigneur gentilhomme; je poursuis tranquillement la mienne et pour me croiser avec quelqu'un, il faudrait que ce fût lui qui vînt à la traverse.

MAUFILATRE.

Auquel cas tu te rangerais, j'espère, et respectueusement pour le laisser passer, si c'était un gentilhomme.

MARGERIN.

Un hommage à plus haut que soi n'a rien qui coûte à rendre, s'il n'est pas commandé brutalement; mais tout humble roseau que je suis, devant qui veut me courber de force, je relève aussitôt la tête.

MAUFILATRE.

Ah! tu fais passer dans tes discours les images de tes manuscrits. Eh bien! moi, je te parlerai sans emblèmes: on dit, et je voudrais le savoir, que la nièce de Thibaudier, la belle Alix, a du penchant pour toi?

MARGERIN.

Si c'était vrai, divin Sauveur! je renfermerais félicité pareille dans mon sein, comme un mystère d'ange; car le dévoiler serait d'un cœur lâche et déloyal.

MAUFILATRE.

Tu t'avises de l'aimer, j'en jurerais à ta chaleur en parlant d'elle.

MARGERIN.

Et qui n'aimerait, Vierge sainte, cette fleur de céleste beauté?

MAUFILATRE.

Aurais-tu sur elle des vues de mariage?

MARGERIN.

Je pourrais m'exempter de répondre; mais je peux vous dire que depuis un mois je n'en ai plus.

CHAMPFLEURY, *à part.*

Il y a de bonnes raisons pour ça.

MAUFILATRE.

Eh bien, je t'en félicite.

MARGERIN.

En quoi cela peut-il me valoir vos complimens?

MAUFILATRE.

C'est que s'il en était autrement je te défendrais de poursuivre.

MARGERIN.

Et si j'avais le malheur de vous désobéir, monseigneur?

MAUFILATRE.

Je t'administrerais une leçon de savoir-vivre, et de respect, dont tu garderais le souvenir.

MARGERIN.

Le seigneur de Maufilatre veut rire à mes dépens; lui m'admettre à l'honneur insigne, moi pauvre clerc, de croiser ma lame d'étudiant avec sa dague de gentilhomme?

MAUFILATRE.

Faible enfant! l'orgueil te brouille le cerveau; je te ferais fustiger de façon à ce que tu en portasses les marques toute ta vie!

MARGERIN.

Vous auriez grand tort, mon gentilhomme, ce serait voler une âme au paradis; car vous feriez alors d'un innocent jeune homme... un assassin!

MAUFILATRE.

Tu n'oserais pas!

MARGERIN.

Croyez bien le contraire, capitaine; celui-là serait un chrétien bien mal inspiré qui s'aviserait de meurtrir d'un châtiment infâme, car à défaut d'autre vengeance, je le tuerais à coups de couteau... comme un chien.

CHAMPFLEURY, *raillant.*

Voilà l'enfant: c'est un agneau pour la douceur... eh bien, il le ferait comme il le dit... (à part) et je l'aiderais si c'était nécessaire.

MAUFILATRE.

Imagier, mon bel ami, plus fortes lames que la vôtre se sont tordues sur ma poitrine sans l'entamer, et j'ai broyé la main qui les dirigeait; tenez-vous pour averti.

MARGERIN.

Je vous remercie du conseil, messire, j'en courrais la chance, et Dieu déciderait.

MAUFILATRE.

Eh bien, mon petit clerc, si vous avez l'humeur hasardeuse, bravez la défense que je vous fais de revenir soupirer d'amour sous les fenêtres de ce logis.

MARGERIN.

C'est ma promenade de tous les jours, seigneur.

MAUFILATRE.

Je reviendrai vous en indiquer une autre.

MARGERIN.

Je doute qu'elle me convienne, le changement me rendrait malade.

CHAMPFLEURY.

C'est tout simple, si l'air de la rue des Merlettes est bon pour sa santé.

MAUFILATRE.

J'amènerai avec moi le médecin qui se chargera de te guérir, imagier, mon bel ami.

MARGERIN.

Je l'attendrai de pied ferme.

MAUFILATRE.

A demain donc.

MARGERIN.

A demain.

∼∼∼∼∼∼∼∼∼∼∼∼∼∼∼∼∼∼∼∼∼∼∼∼∼∼∼∼∼∼∼

SCENE VII.

MARGERIN, CHAMPFLEURY.

CHAMPFLEURY.

Tu te frottes à plus fort que nous, mon jeune coloriste.

MARGERIN.

Que veux-tu ? la rude impudence de ce tueur des Cévennes m'allumait le sang malgré moi; je ne saurais dire ce qui dominait mon esprit exaspéré, de la haine ou de la jalousie, car tu as dû comprendre qu'il a jeté sur Alix un œil de convoitise?... et j'ai frissonné d'indignation quand sa bouche a souillé ce beau nom en le prononçant; j'aurais voulu qu'il froissât seulement mon pourpoint, pour lui meurtrir le visage avec le pommeau de ma dague.

CHAMPFLEURY.

Et te faire pendre pour cause d'insulte à un homme de race. (Margerin fait un mouvement.) Que veux-tu, c'est la loi, les plus forts l'ont faite à leur usage, loi de sac et de corde, dure, inflexible et bardée de fer comme eux.

MARGERIN.

Je sais bien que tu dis juste, frère, il faut s'y soumettre tant qu'on peut.

CHAMPFLEURY.

Le ciel ne doit pas en exiger davantage.

MARGERIN.

Mais suis-je fou de m'occuper de ce rustre blasonné, quand je viens chercher auprès de toi la joie de ma vie ?

CHAMPFLEURY.

Je l'ai dans ma poche.

MARGERIN.

Mon Alix a donc paru ?

CHAMPFLEURY.

Avec sa tante, et j'étais à ma faction du dimanche, le chapeau à la main sur leur passage, dans mon rôle de poste aux lettres pour toi, et demandant pour elles ; même que ce maudit capitaine a cru, par saint Michel, que je demandais véritablement l'aumône.

MARGERIN.

Il t'aura gourmandé peut-être, et j'en suis cause, je t'en demande pardon.

CHAMPFLEURY.

Ça ne m'a pas même effleuré l'épiderme. (Il avient ce qu'il a reçu de ces dames et donne l'enveloppe à Margerin.) Tiens, la voilà, la joie de ta vie.

MARGERIN.

Donne, ah! donne!

Il déploie le papier.

CHAMPFLEURY.

Une piécette d'argent toute neuve de douze sous parisis, que la blanche Alix a jetée d'une main tremblante, comme à l'ordinaire, en remerciant d'un regard à rendre fou même le grave saint Pierre, portier du paradis.

MARGERIN, les yeux sur le papier.

Une heure après minuit.

CHAMPFLEURY.

Oh! le rendez-vous tient; ce n'est pas comme dimanche dernier, qu'il y a eu lacune; c'est pourtant pas trop qu'une entrevue par semaine.

MARGERIN, de même.

Demandée en mariage par le capitaine Maufilâtre.

CHAMPFLEURY.

Trop tard, mon vieux.

MARGERIN.

Ah! c'est donc par instinct que je le haïssais tant aujourd'hui! Tu vois que dimanche dernier, pendant toute sa durée a été un véritable dimanche de deuil... (Il porte encore les yeux sur le billet.) Parti décisif à prendre.

CHAMPFLEURY.

Il est bien temps, depuis trois mois que le prêtre vous a joint les mains, se voir une heure par huit jours, ça ne vaut guère la peine d'être mari et femme.

MARGERIN.

Si elle se décidait à partir, je peux compter sur toi ?

CHAMPFLEURY,

Est-ce que je ne suis pas né et mis au monde pour te servir en frère?... pour partager avec toi tes périls, ta joie... ton argent?... est-ce que pour te servir je ne me suis pas fait l'amoureux de la petite servante Gisquette, qui en vaut bien la peine, et qui en est très-reconnaissante?... est-ce que ce n'est pas moi qui t'ai trouvé deux témoins, en me comptant, une messe basse et un prêtre, pour te donner la bénédiction nuptiale le jour de Pâques-Fleuries? Est-ce que je ne serais pas ton second pour faire un salmis du capitaine, s'il outrageait ta femme ou ta vie?

MARGERIN.

Ma femme!... outrager ma femme!... tais-toi, Champfleury: rien qu'à penser que cet homme a cru pouvoir l'obtenir, il me prend un désir de meurtre.

CHAMPFLEURY.

Pour donner un autre cours à tes idées, fais-moi donc le plaisir de songer à ton rendez-vous.

MARGERIN.

Oh! oui, cela vaut mieux, je vais en attendre l'heure en me promenant au tour des quais, l'air me fera du bien.

CHAMPFLEURY.

Et pendant que tu confieras tes espérances d'amour aux étoiles, moi, j'irai souper joyeusement avec mes douze sous parisis, pour faire quelque chose de mon côté, faute de mieux.

MARGERIN, *qui, les yeux fixés au loin ne l'écoutait plus.*

Tiens, Champfleury, la voilà, la voilà! qui revient.

CHAMPFLEURY.

En ce cas, allons-nous-en bien vite!

MARGERIN.

Eh quoi! après deux dimanches que mes travaux et la prudence ne m'ont pas laissé l'entrevoir même à l'église, elle va passer devant nous, et tu veux m'enlever au bonheur de la regarder seulement?

CHAMPFLEURY.

Tu la verras ce soir, et sa tante ne sera pas là.

MARGERIN.

Je me tiendrai tout-à-fait à l'écart.

CHAMPFLEURY.

Comme tu voudras, mais ça n'a pas le sens commun.

SCENE VIII.

LES MÊMES, THIBAUDIER, GISQUETTE, ALIX, *puis,* Mme THIBAUDIER.

Champfleury s'approche de la maison; Gisquette vient à la porte; comme elle va franchir le seuil, Thibaudier, qui arrive derrière la retient, par sa jupe.

THIBAUDIER.

Je t'ai dit de ne pas mettre le pied dehors.

GISQUETTE, *furieuse.*

Mais qu'est-c' qu'il a donc aujourd'hui c't être

là? Avoir là son amoureux sous la main, une foule de choses à lui dire, et ne pas pouvoir lui en dire une!

Pierre sort de la maison avec une nouvelle charge.

THIBAUDIER, *à Pierre.*

Pierre, après avoir déposé cette charge, va manger un morceau, entends-tu? et reviens entre huit et neuf; ce sera ton dernier voyage.

PIERRE,

Ça suffit, bourgeois.

Les deux dames passent; Margerin involontairement fait geste d'intelligence à Alix, que Thibaudier aperçoit.

THIBAUDIER.

Le voilà encore sur son passage. Regardez-vous bien, j'espère que ce sera la dernière fois de long-temps.

CHAMPFLEURY, *revenant auprès de Margerin.*

Vois-tu comme le vieux Thibaudier t'examine; il finira par avoir quelque soupçon!

MARGERIN.

O mon ami, qu'elle est belle!

CHAMPFLEURY.

O mon ami, que tu es niais! viens donc, viens donc, sac à papier!

Il l'entraîne.

SCENE IX.

M. et Mme THIBAUDIER, ALIX.

Mme THIBAUDIER, *arrivant à son tour.*

Ah çà! monsieur Thibaudier, vous déménagez donc la boutique, que ce Pierre travaille depuis le point du jour à trimballer des malles et des ballots? Et aujourd'hui encore, vous serez cause que le malheureux sera damné, et vous aussi, car vous avez manqué vêpres.

THIBAUDIER.

Soyez sans inquiétude pour son salut et pour le mien, j'ai des indulgences pour nous deux. (*Il se retourne vers la jeune fille.*) Eh bien, mon Alix, le sermon vous a-t-il intéressée?

ALIX.

Oui, beaucoup mon oncle; je l'ai suivi avec une profonde attention.

Mme THIBAUDIER.

Et cela ne la regardait pourtant point; car le prêtre nous a parlé des devoirs de la femme envers son mari.

THIBAUDIER.

Un jour ou l'autre ces devoirs-là seront les siens comme les vôtres. Elle aurait pu même les remplir avant peu, si elle avait voulu agréer la proposition de mariage qui m'a été faite pour elle il y a huit jours.

Mme THIBAUDIER, *à Alix.*

C'est vrai que tu es bien difficile! éconduire un gentilhomme... certainement, j'aimais... oh! là... de tout mon cœur... monsieur Thibaudier quand nous nous sommes mariés!... mais si un seigneur avait demandé ma main avant la cérémonie,... ma foi, l'idée de devenir grande dame...

ALIX.

Je vous remercie de la préférence alors.

THIBAUDIER.

Moi, ce n'est pas au rang que je tiens, ma tante; et votre bon ménage me prouve tous les jours que l'éclat des titres et de la naissance n'est d'aucune utilité pour le bonheur; n'est-ce pas, mon oncle?

THIBAUDIER.

Cela dépend tout-à-fait des positions. Ne trouvez-vous pas que l'air est doux et la soirée superbe? on commence à respirer! Donne-nous des chaises, mon Alix, nous allons jouir un peu du beau temps devant la porte.

ALIX.

Avec plaisir, mon oncle.

Elle entre dans la maison.

Mme THIBAUDIER.

Je vais rentrer un moment pour savoir si Gisquette a préparé le souper d'abord.

THIBAUDIER, *la retenant.*

C'est inutile; je viens de lui dire tout-à-l'heure de n'en rien faire.

Mme THIBAUDIER.

Oh! ce n'est pourtant pas vigile et jeûne.

THIBAUDIER.

Nous ne soupons pas ici.

Mme THIBAUDIER.

Qu'est-ce que vous dites donc, monsieur Thibaudier? Comment! nous allons en ville, et je n'en sais rien! Chez qui donc soupons-nous?

THIBAUDIER.

Vous le saurez quand nous y serons.

ALIX, *revenant.*

Voilà des chaises.

THIBAUDIER.

Eh bien, prenez place.

Mme THIBAUDIER, *à Alix.*

Conçois-tu, mon enfant, que nous soupions en ville, et que ton oncle ne veuille pas nous dire où?

ALIX.

V...e, il est le maître; vous savez que le pré...us a dit que l'obéissance absolue était ...r de la femme.

...UDIER, *s'asseyant ainsi que les deux femmes.*

Il aurait bien dû dire quelque chose aussi sur les devoirs du mari.

THIBAUDIER.

Les devoirs du mari, ma chère, je vais vous les apprendre, sont de travailler avec ardeur pour faire vivre honorablement sa famille, et de veiller à ce que rien n'en trouble la tranquillité. Mon travail et vos bons soins de ménagère intelligente nous ont donné assez d'aisance pour exister d'une façon convenable partout où nous irons; il ne

nous manque plus qu'un endroit où nous puissions couler tranquillement le reste de nos jours, et c'est à quoi j'ai pourvu en bon chef de maison.

Mme THIBAUDIER.

Je rends justice à tous vos mérites, monsieur mon époux, mon seigneur et maître! mais vous tenez donc toujours à quitter Grenoble cet automne?

THIBAUDIER, *se rapprochant des deux femmes.*

Écoutez-moi bien : oui, le séjour de Grenoble devient dangereux pour quelqu'un de nous.

ALIX, *à part.*

Comme il me regarde!

Mme THIBAUDIER.

Si vous vouliez me dire comment et pour qui?

THIBAUDIER.

Je vous le dirai quand nous en serons dehors.

Mme THIBAUDIER.

Nous avons encore le temps d'attendre.

THIBAUDIER.

Mais pas beaucoup.

Mme THIBAUDIER.

Cependant, à moins que vous n'ayez avancé le départ,...

THIBAUDIER.

De trois mois juste.

ALIX.

O mon Dieu, mon oncle!

Mme THIBAUDIER.

A votre compte, nous partirions donc demain ou après?

THIBAUDIER.

Aujourd'hui même.

Mme THIBAUDIER.

Ah! vous vous moquez de nous!

THIBAUDIER.

Avant une heure, bien certainement.

ALIX, *tremblante, et d'une voix altérée.*

Ma tante a raison, vous voulez vous amuser à nos dépens, n'est-ce pas? c'est une plaisanterie pour nous faire peur?

THIBAUDIER.

Quelle peur cela pourrait-il vous faire?

Mme THIBAUDIER.

Peur... je ne sais pas... mais vous ne nous ferez pas croire que vous laisseriez votre boutique, vos meubles! On ne part pas comme on se retrouve; on a son linge, ses habits, enfin tout à ranger.

THIBAUDIER.

Tout est rangé, étiqueté, empaqueté et emballé, linge, habits, vaisselle, effets; ceux de la nièce, de la tante, les miens, même ceux de Gisquette... la boutique est vendue. Je n'attends plus que Pierre pour prendre la dernière caisse, et nous nous mettrons en route tous ensemble. (*Alix, qui l'écoutait attentivement, pose sa main sur ses yeux, pâlit et chancelle, près de tomber de sa chaise.*) Eh bien! ma nièce, qu'avez-vous? qu'est-ce qui vous arrive?

Mme THIBAUDIER, *se levant pour aller à Alix.*

Mais dam, l'étonnement, la surprise; elle se trouve mal, et je ne sais pas pourquoi je n'en

fais pas autant; vous jetez ça au nez des gens...
Nous partons! comme une tuile sur la tête. Comment voulez-vous qu'ça ne donne pas un coup?...
J'en suis suffoquée aussi... sur ma foi, car enfin,
nous partirons donc sans prévenir, sans dire gare...
en cachette?

THIBAUDIER, *qui s'est levé aussi*

C'est nécessaire.

Mme THIBAUDIER.

Ainsi nous quitterons nos amis, nos voisins, nos
habitudes, comme de vieilles pantoufles qu'on
laisse là?

THIBAUDIER.

J'ai voulu que cela fût ainsi.

ALIX, *impétueusement et debout*.

C'est impossible, mon oncle; (*avec fermeté*) je
ne partirai pas .. (*baissant les yeux sous le regard
sévère de Thibaudier et d'une voix tremblante*) je
ne peux pas... je ne veux pas partir.

THIBAUDIER.

Le chef de la famille a seul des vouloirs, ma
nièce, et lorsqu'il commande, il ne souffre pas de
résistance. Celui qui vous a prêché tantôt les devoirs de la femme envers son mari vous a dû dire
que pour être bonne épouse et bonne mère il fallait avoir été d'abord enfant soumise et obéissante. Obéissez donc.

ALIX, *suppliante*.

Mon bon oncle!

THIBAUDIER.

Descendez en vous-même, demandez-vous si
c'est pour votre tante et pour moi que j'ai pris
tous les soucis du voyage improvisé que nous
allons faire! et vous voudrez bien me dire ensuite
ce que votre conscience vous répondra.

ALIX.

Eh bien! oui, oui, c'est à cause de moi seule
tout ce que vous faites; vous avez lu dans les secrets de mon cœur; mais c'est inutile, il est trop
tard, écoutez-moi, que je vous dise à genoux...

THIBAUDIER, *la retenant*.

Voyez donc où nous sommes. (*Elle essaie de
parler encore.*) Assez, je ne veux rien entendre, je
veux que vous partiez, je le veux.

ALIX, *accablée*.

J'aime mieux mourir.

THIBAUDIER, *à part*.

Le mal est donc plus grand que je ne pensais.
(*Il entraîne vivement Alix à l'avant-scène.*) Mademoiselle. (*A sa femme qui le suit.*) Laissez-nous un moment, femme, dites votre chapelet ou
vos prières du soir; ceci ne regarde qu'elle et
moi. (*Mme Thibaudier rentre. A Alix.*) J'avais
pensé qu'il suffirait de mon autorité pour me faire
obéir; puisqu'elle est vaincue et que ma tendresse
même ne trouve pas d'écho dans votre cœur, je
dois vous parler un autre langage.

ALIX, *en larmes*.

Daignez me permettre...

THIBAUDIER.

Ne m'interrompez plus, mademoiselle, car les
titres de nièce et de fille, vous m'obligez à vous le

dire avant le temps, ne pourraient être que d'affection entre nous, ils ne vous appartiennent point,
vous n'êtes pas la fille de mon frère.

ALIX, *stupéfaite*.

Qui suis-je donc, mon Dieu!

THIBAUDIER, *tirant de son sein un parchemin*.

Votre destinée est là, tracée par un mourant.

ALIX, *prenant la lettre d'une main tremblante*.

Ma destinée? (*Thibaudier insiste du geste, elle lit.*)

« LE DUC DE CRESSAC A SON AMI THIBAUDIER,
» ORFÈVRE A GRENOBLE.

» Mon cher Thibaudier,

» Lorsque tu recevras ce message, j'aurai paru
» devant Dieu, car ma vie est à son dernier
» terme, la science et la religion me l'ont annoncé,
» je n'ai plus que quelques heures à vivre. Demain
» celle que j'ai confiée à tes bons soins, mon Alix,
» ma fille chérie, sera orpheline. Bénis-la pour
» son père! (*Silence. Reprenant.*) Bénis-la pour
» son père, car elle n'a plus de protecteur au
» monde que mon premier ami d'enfance. »

THIBAUDIER, *prenant la lettre et lisant avec elle*.

« C'est à sa vieille affection que je remets, que
» je confie toute l'autorité paternelle du duc de
» Cressac! » (*Il parle.*) Voyez ce que vous êtes,
ce que j'étais à votre père, pesez bien ce qu'il me
commande, ce n'est plus que son nom que j'invoque, et songez que c'est de là-haut qu'il m'entend et qu'il vous regarde.

ALIX.

Ah! monsieur, mon sauveur, mon second père,
pour prix de vos soins, j'ai pu vous offenser... Ah!
pardon pour une insensée; mais ingrate... oh! non,
jamais, jamais, je suis prête à vous obéir, je suis
prête à vous suivre.

THIBAUDIER.

C'est bien, ma fille, c'est bien, je ne vous en
veux pas; vous souffrez, je vous plains; venez sur
mon cœur, car vous êtes toujours ma fille.

Il l'embrasse avec tendresse.

SCENE X.

LES MÊMES, PIERRE, JOANNES, *puis* MAU-
FILATRE.

JOANNES, *arrivant par la gauche*.

Oh! oh! déjà les adieux! j'arrive bien... (*Il
regarde autour de lui et se tient de manière à
n'être pas vu.*) D'ailleurs je suis le premier sur le
terrain, je ne vois pas encore mon maître.

THIBAUDIER, *à Pierre qui revient*.

Ah! je t'attendais, entre... (*En dedans.*) Gisquette, aidez à charger Pierre et descendez avec
lui.

GISQUETTE, *à la fenêtre*.

Oui, monsieur. (*A part.*) Y m' fait remonter
tout-à-l'heure, et v'là qui faut que je descende à
présent; c't'homme-là a quelque chose de dérangé,
bien sûr.

ALIX, à part.

Partir sans l'avoir prévenu!... je le dois, il le faut... mais comme je le récompenserai de tout ce qu'il va souffrir ! car te voilà noble et riche, mon Margerin, puisque j'ai de la naissance et de la fortune ; mes droits reconnus, je dirai à la face du ciel : Voilà celui qui les partage. Ah! oui, oui, je le récompenserai de tout ce qu'il va souffrir.

SCENE XI.

MAUFILATRE, JOANNES, ALIX, THIBAUDIER, Mme THIBAUDIER, GISQUETTE, PIERRE.

MAUFILATRE, apercevant Joannes.

Ah ! te voilà?

THIBAUDIER, à Gisquette sortant de la maison.

Avons-nous tout ce qu'il nous faut, le sac de nuit ?

GISQUETTE, un fallot à la main

Pierre le tient sous son bras.

THIBAUDIER.

Éclaire, que je ferme la porte.

GISQUETTE.

Comment, nous allons avec vous?

THIBAUDIER.

Éclaire-moi donc !

GISQUETTE, à elle-même.

Ah ça, mais c'est comme un miracle, tout c' que j'vois ; v'là que nous allons en ville à l'heure de s'coucher.

JOANNES, à Maufilâtre.

Par la barbe de Mahomet, les femmes lui font la conduite.

MAUFILATRE, de même.

Nous ne les aurions pas mieux conseillées.

THIBAUDIER, après la fermeture.

Il n'y a personne en dedans pour mettre les verroux, par exemple ; heureusement on ne se doute pas de notre sortie.

JOANNES, à Maufilâtre.

Excepté ceux que ça arrange le mieux.

MAUFILATRE.

Et nous qui n'avions pas songé à cet obstacle !

JOANNES.

Nous avons bien fait, puisque cet honnête bourgeois d'orfévre le lève de lui-même. (Il se retourne vers Thibaudier en disant à demi-voix.) Merci, mon brave homme.

MAUFILATRE, lui donnant du poing sur la tête.

Te tairas-tu, langue infernale ?

THIBAUDIER.

Donnez-moi votre bras, ma chère Alix ; toi, ma femme, prends celui de Gisquette, et que Pierre marche devant pour éclairer. (Il retourne à la porte et la pousse encore du genou.) Allons, elle est bien close, partons.

Ils se mettent en route.

JOANNES.

MAUFILATRE, à Joannes, après avoir regardé le groupe disparaître.

Tu ne sais pas, vieux Bohème, l'envie qui m'a pris en les voyant s'éloigner si tranquilles ?

JOANNES.

Non vrai dà, il vous en prend quelquefois de si étranges.

MAUFILATRE.

D'étourdir d'un coup de poing le Thibaudier qui fermait la marche, de me précipiter sur sa compagne comme l'aigle tombe sur sa proie, et de l'emporter tout courant dans mes bras jusque chez moi.

JOANNES.

Et le coffre?

MAUFILATRE.

J'oubliais tout en la regardant.

JOANNES.

Allons donc, seigneur capitaine, mon noble maître, à la conquête de vos domaines d'abord.

MAUFILATRE.

C'est que cette fille m'ensorcelle ! mais tu as raison, la conquête, elle est facile ; puis après nous attraperons toutes les belles du monde, fillettes ou grandes dames, sans courir.

JOANNES.

Amen, comme disent vos hommes d'église.

SCENE XII.

JOANNES, MAUFILATRE.

JOANNES.

Vous vous rappelez bien où vous devez trouver la cassette ?

MAUFILATRE.

Sur le haut du meuble qui sert de montre à Thibaudier pour étaler la vaisselle d'or qu'il réserve à ses nobles pratiques.

JOANNES.

Oui, parce que l'objet était trop volumineux pour que l'orfévre le serrât dans son bureau de comptes.

MAUFILATRE.

Tu me l'as dit cent fois.

JOANNES.

Ne vous emportez pas, maître, ce sera la dernière.

MAUFILATRE, approchant de la maison.

Pourvu que la clef pénètre.

JOANNES.

Ah! dam, elle est façonnée, mettez-y de la patience ; voulez-vous que j'essaie?

MAUFILATRE.

Pour que quelque passant nous voie deux à cette porte, et crie au voleur!

JOANNES.

Alors je vais faire le guet aux environs.

MAUFILATRE.

Va m'attendre sous l'arche obscure de la maison vieille, au bout de la rue. (Joannes sort.) Eh bien, maintenant que je louche au but, s'il ne s'agissait pas d'un rang, d'un titre, non, je n'achèverais pas, mordieu! A travers la mitraille, devant une redoute enflammée, au milieu d'un bataillon de piques... aller tête baissée et d'un pas ferme saisir sa proie, il y aurait chance à courir, coups à recevoir, gloire à triompher; mais prendre furtivement, sans péril aucun, monter sur un siége, plonger le bras pour atteindre et mettre sous son manteau un coffre que rien n'empêchera de saisir; c'est un vol ignoble, c'est d'un misérable, d'un vil coquin ce que je fais. J'ai battu, taillé en pièces, égorgé des hérétiques, je me suis enrichi de leurs dépouilles, gorgé de leurs vins, j'ai abusé de leurs femmes... eh bien, tout cela sans frisson, sans remords; c'est la loi, la consigne: au vainqueur le plaisir, la victoire, l'orgie; je faisais comme tout le monde! et puis, les représailles, la vengeance, l'embuscade des vaincus était là, derrière, dans les ravins, à dix pas, sous nos pieds, sur nos têtes. (*Après un moment de réflexion.*) Ah! je ferai pendre cet infâme Joannes, pour m'avoir cloué là cette sale idée de voler une pauvre jeune fille... (*Silence.*) Aussi pourquoi n'a-t-elle pas voulu le partage?... elle n'a pas voulu. Quand je m'acharnerai à combattre avec moi-même! Est-ce que ce serait là ce qu'on appelle des remords? moi, des remords, parce que j'enlève à ma petite cousine des titres et de vastes domaines dont elle s'est fort bien passée pendant seize ans qu'elle est de ce monde! Et partout autour de moi... c'est la même chose, chacun tire à soi la couverture... En Espagne, en Angleterre, je vois des princes, des princes souverains, en faire tout autant, et se jeter à la tête trente mille hommes à égorger par-dessus le marché... Allons, allons, il n'y a pas de sang à répandre ici, tout au plus quelques larmes couleront, encore ma petite cousine peut n'être pas ambitieuse.

SCENE XIII.

MAUFILATRE, LA GARDE.

MAUFILATRE, *à la serrure.*

Lucifer s'en mêle; j'aurais dû laisser ce maudit Joannes chercher l'ouverture, il faut des accointances avec Satan pour en venir à bout. (*Le chef de la patrouille montre à son monde que quelqu'un est là, et fait signe d'avancer à sa suite à pas de loup.*) S'il ne s'agissait que de faire voler du pied la porte en éclats, à la bonne heure! mais ferrailler avec le zigzag de cette plaque endiablée, j'y perdrais mon latin si j'en savais un mot.

LE CHEF DE LA GARDE, *arrive derrière le gentilhomme, lui met la main sur l'épaule.*

Halte là!

MAUFILATRE, *faisant un mouvement de surprise.*

Est-ce le diable en personne qui vient m'aider?

LE CHEF.

C'est la ronde de nuit.

MAUFILATRE, *à part, un peu étonné.*

C'est bien pire, mordieu! du sang-froid.

LE CHEF.

Que cherchez-vous à cette porte?

MAUFILATRE.

Ce que je cherche, mon brave? (*Il lui montre ce qu'il tient.*) Hé, hé, hé, hé, hé, je cherche la serrure pour mettre la clef dedans; et c'est difficile après souper, avec ça qu'il fait du brouillard; n'est-ce pas qu'il fait du brouillard?

LE CHEF.

Vous voulez donc entrer?

MAUFILATRE, *d'une voix chevrotante comme un homme un peu ivre.*

Chez moi, comme c'est l'habitude de tout honnête bourgeois attardé par une chose ou par l'autre. Camarade, rendez moi donc le service.

Il lui tend la clef.

LE CHEF.

Il faut ouvrir à ce brave homme, on ne peut pas le laisser coucher à la porte.

Il essaie.

MAUFILATRE.

La clef tourne toute seule. (*La porte est ouverte.*) Si vous désirez vous reposer un moment, je vous offrirai de boire un petit verre de vin du Rhône, qui vous donnera de la chaleur et des forces pour continuer votre route: cela vous va-t-il, commandant? rien qu'une tournée?

LE CHEF.

C'est impossible dans le service.

MAUFILATRE.

C'est dommage, j'aurais eu de la joie à triquer avec des hommes d'armes zélés comme vous pour la sûreté publique. Décidément, vous ne voulez pas?

LE CHEF.

C'est impossible.

MAUFILATRE.

Eh bien, j'entrerai sans vous; camarades, me voilà dedans, (*à part*) et eux aussi. (*Haut.*) Bonne tournée que je vous souhaite.

LE CHEF.

Et vous, bonne nuit.

Il réunit ses hommes.

MAUFILATRE.

Ma foi, je ne sais comment elle finira, ma nuit; mais elle commence d'une façon singulière.

Il ferme la porte sur lui, la patrouille a disparu.

SCENE XIV.

MAUFILATRE, *seul, monte au premier; il arrive au pallier et se trouve devant la porte de la chambre.*

Encore une porte, oh! celle-là, le bouton à tourner seulement. Le meuble doit être en face, au fond de la chambre. (*Il avance à tâtons, heurte* une table qu'il dérange, continue sa route et touche le chambranle.) J'y suis.

Il a pris une chaise pour arriver au coffre, et se met en devoir de s'en servir.

SCENE XV.

MAUFILATRE, *en haut*, THIBAUDIER, *arrivant en scène.*

THIBAUDIER.

Pauvres têtes que nous sommes! penser tout le jour à ce qui fait le but de mon voyage, et l'oublier au départ. (*Il met la clef dans la serrure.*) Je n'ai dit qu'à Gisquette ce que je venais faire, ma femme, toujours craintive, aurait voulu me suivre, et nous n'en eussions pas fini... (*Il entre.*) Je serai de retour avant qu'on se soit aperçu de mon absence.

Il monte.

MAUFILATRE, *qui a trouvé le coffre et l'a posé sur la table.*

Décidément, Joannes est un garçon de bon conseil, et j'en ferai mon premier écuyer selon ma promesse. Qu'est-ce que j'entends? un homme ici?

THIBAUDIER.

Quelqu'un chez moi?

Thibaudier tourne le bouton de la porte.

MAUFILATRE.

Thibaudier! enfer et mort!

THIBAUDIER, *portant la lanterne au nez de Maufilatre.*

Le capitaine! (*En reculant il a touché le coffre de la main.*) Le coffre!

MAUFILATRE.

Tais-toi, misérable!

THIBAUDIER.

Un noble seigneur, un gentilhomme!

MAUFILATRE.

Tais-toi, par la croix-Dieu!

THIBAUDIER.

C'était là le but de tant d'allées et de venues; un vol! l'infâme Bohème avait vendu le secret; mais il y a une justice dans le Dauphiné.

MAUFILATRE.

Insensé!

THIBAUDIER.

Je dénoncerai ton crime.

MAUFILATRE, *le saisissant à la gorge.*

Tu seras mort auparavant.

THIBAUDIER, *d'une voix rauque et saccadée.*

Au secours!

MAUFILATRE, *lui plongeant son épée dans la poitrine.*

Tu ne diras pas un mot de plus.

THIBAUDIER.

Ah!

Il tombe mort sur le pallier.

SCENE XVI.

MAUFILATRE, THIBAUDIER, MARGERIN.

MARGERIN, *sur la place.*

Voilà bientôt l'heure! et de sa chambre solitaire Alix compte les minutes, attend le signal... plus qu'un moment, ma bien-aimée, me voilà; et moi aussi, j'attends que le timbre de l'horloge retentisse.

MAUFILATRE, *qui est resté d'abord l'œil fixe et les bras croisés devant le corps de Thibaudier.*

Ce n'est pas ma faute, c'est la nécessité, (*Il ôte son chapeau.*) Je jure Dieu de faire dire tous les ans une messe dans la chapelle de mon château à la mémoire de ce pauvre homme.

Il passe par dessus le corps avec le coffret sous son manteau, et descend l'escalier.

MARGERIN, *revenu plus près de la maison.*

Elle n'a pas ouvert sa fenêtre comme à l'ordinaire; elle aura craint la fraîcheur de la nuit.

Pendant ces dernières paroles, Maufilatre a quitté la maison et a repoussé doucement la porte. En se retournant il aperçoit un homme dans la rue.

MAUFILATRE.

Quelqu'un! ne nous laissons pas approcher.

Il passe rapidement.

MARGERIN, *s'avançant.*

Qui va là?

MAUFILATRE, *en prenant un détour.*

Au large, coquin, si tu ne veux que la pointe de ma rapière n'aille chatouiller tes côtes de manant.

Il disparaît.

MARGERIN, *riant.*

Il me prend pour quelque coupeur de bourse; trop de bonheur m'attend pour me blesser de sa sotte méprise.

SCENE XVII.

MARGERIN, *seul.*

Le timbre de l'horloge sonne, il fait un signal et s'approche de la porte, sur laquelle il pose la main.

Je t'accusais d'avoir craint peut-être le froid du soir, ange adoré! (*La porte poussée cède.*) Voilà qu'elle est venue d'avance tenir la porte entr'ouverte; remonte, remonte bien vite. (*Il monte l'escalier; arrivé sur le pallier, il heurte contre le corps en travers.*) Quel obstacle arrête mes pas? (*Il tâte.*) Mon Dieu, elle sera tombée évanouie. (*Il se met à genoux, cherche sa tête.*) Alix... (*Il fait un geste en arrière.*) Des vêtemens d'homme! un homme étendu, mort peut-être, sur ce pallier! la dalle humide autour. (*Il se relève.*) Horreur! je marche dans le sang. Il y a un crime ici. Que faire, ô seigneur Dieu? je donnerais l'éveil si cela ne devait compromettre que moi; mais elle!... si j'entrevoyais seulement la lueur d'une lampe. (*Il colle son oreille contre la porte qui doit conduire à l'intérieur.*) Rien, le silence de la mort là devant moi... partout, sortons.

Il essaie de repasser sans fouler le corps.

SCENE XVIII.

THIBAUDIER, MARGERIN, GISQUETTE; *puis* PIERRE, Mme THIBAUDIER, ALIX; *puis* JOANNES, CHAMPFLEURY, *etc.*

GISQUETTE, *en entrant en scène, s'arrête et regarde derrière elle.*

Mais, Pierre, avancez donc! voyez s'il ne va pas comme une tortue!

PIERRE.

J' peux pas être des deux côtés à la fois... ces dames ne vont pas plus vite.

Il lève sa lanterne comme pour les éclairer, et attend.

GISQUETTE.

C'est not' bourgeoise; pauvre femme... mais l'inquiétude l'a poussée à venir... il a bien fallu lui dire la vérité, son mari ne revenait pas ... et tout de suite en route, dar, dar... et mamselle Alix aussi.

MARGERIN, *près de la porte, encore dans l'intérieur.*

Du dehors je pourrai faire mettre sur pied toute la rue par cet horrible cri : le feu! le feu!... alors je reviendrai des premiers avec les autres.

Gisquette, qui s'est remise en marche toujours en avant, se trouve près de la porte quand Margerin sort.

GISQUETTE, *tout près de lui.*

C'est-y vous, monsieur?

MARGERIN, *à part.*

Gisquette, dehors, à l'heure qu'il est?

GISQUETTE, *le prenant par le bras.*

Vous nous avez fait une belle peur! (*Appelant.*) Madame! madame! le v'là.

MARGERIN.

Laisse-moi, laisse-moi; tu te trompes.

GISQUETTE, *le serrant plus fort.*

Ah ben! à moi, Pierre! v'là quelqu'un qui sort de chez nous!

Mme THIBAUDIER, *vivement.*

Qu'est-ce que tu dis?

PIERRE.

Me v'là, mamselle Gisquette; (*il pose à terre le fallot*) et maintenant je le tiens, nous sommes des bons!

MARGERIN.

Ne serrez pas si fort, mon garçon, je suis une connaissance de la maison.

ALIX, *qui est arrivée pendant que Gisquette est entrée dans l'intérieur avec le fallot; à part.*

C'est lui! (*A Mme Thibaudier.*) C'est M. Margerin, ma tante! Lâchez-le donc, Pierre!

Mme THIBAUDIER.

Eh bien! voyons, voyons, qu'est-il arrivé? mon mari est donc là-dedans? (*Elle s'appuie sur le chambranle.*) Ah! le vilain homme de nous donner comme ça du tourment! Entrons.

GISQUETTE, *au haut de l'escalier, se heurtant contre Thibaudier.*)

Qu'est-ce qu'il y a donc?

MARGERIN, *bas à Alix.*

O ma bien-aimée! pourquoi sommes-nous ici!

ALIX, *de même.*

Qu'est-il donc arrivé?

MARGERIN, *de même.*

Un affreux malheur, auquel je ne comprends rien!

ALIX.

Un malheur!

GISQUETTE, *à la croisée, le fallot en dehors.*

Au meurtre! à l'assassin! ne le lâchez pas! à l'assassin!

Mme THIBAUDIER.

Qu'est-ce qu'elle crie?

GISQUETTE, *qui a toujours entrecoupé le dialogue de cris.*

Mon pauvre maître! tué d'un grand coup dans la poitrine!

Mme THIBAUDIER.

Ah!

Elle tombe sur le banc, on s'approche.

CHAMPFLEURY.

Eh bien! qu'est-ce qu'il y a?

Mme THIBAUDIER.

Un si brave et digne homme!

PIERRE.

Et v'là le brigand qui l'a tué!

ALIX.

C'est impossible!

CHAMPFLEURY.

Lui, Margerin! laissez donc tranquille!

MAUFILATRE, *dérangeant tout le monde pour se faire place.*

Qu'est-ce qui se passe ici?

Mme THIBAUDIER.

C'est par vengeance qu'il a tué mon mari, mon mari qui l'aimait au fond!

ALIX, *à genoux près de sa tante.*

Par vengeance, lui, ma tante, vous n'y pensez pas?

Mme THIBAUDIER.

Oui, oui, parce qu'il lui avait interdit l'entrée de notre maison.

TOUS.

Ah!

CHAMPFLEURY, *à part.*

Avec ça qu'il n'y entrait pas!

JOANNES.

Place à la justice et à la garde!

CHAMPFLEURY.

Ah ça! le secret m'étouffe, d'abord; je vas parler!

MARGERIN, *à Champfleury.*

Silence! Dieu nous voit, il sait la vérité!

ALIX, *regardant Margerin avec incertitude.*

Lui, meurtrier de mon protecteur! lui! O mon Dieu! faites que ce soit une odieuse calomnie!

La garde entoure Margerin ; la justice pénètre à l'intérieur ; tout le monde se presse pour entrer dans le logis.

JOANNES, *à Maufilâtre.*

Bien singulier hasard!

MAUFILATRE.

Oui, le hasard, ce grand maître du monde, qui rend la justice d'en-haut à l'aveugle, comme nous la rendons ici-bas.

ACTE DEUXIEME.

Le théâtre représente la place du marché au fourrage. Un peu au fond, vers la gauche, l'église fermée. A droite, au premier plan, là maison du défunt vue de profil. La fenêtre de la cuisine, au rez-de-chaussée; celles du premier étage font face aux spectateurs.

SCENE PREMIERE.

CHAMPFLEURY, MUGARET, PIERRE.

Une voiture chargée de paille longe la maison, le derrière de la voiture est dans la coulisse ; en avant elle est appuyée sur des brancards.

CHAMPFLEURY.

Nous voilà sur la place du marché où doit être la voiture avec son chargement.

MUGARET, *cherchant.*

En effet, je l'aperçois.

CHAMPFLEURY.

Pierre, après l'avoir rangée le long de la maison du défunt, aura conduit les chevaux à l'écurie.

MUGARET.

Il paraît qu'on n'est pas matinal tous les jours à Grenoble?

CHAMPFLEURY.

C'est vrai, pas encore l'ombre d'un habitant; pas le plus léger bruit.

MUGARET.

Le soleil va se lever avant l'ouverture des boutiques.

CHAMPFLEURY.

Eh bien! à entendre le cri unanime de compassion, de détresse qui a retenti dans l'enceinte du tribunal, hier au soir, lorsque la condamnation de Margerin a été prononcée, j'aurais pu croire qu'à mon retour de la montagne je trouverais encore la ville debout et dans les larmes... La ville!... elle dort comme une marmotte, un vrai sommeil de plomb. Nos montagnards, quand je leur ai dit ce qu'il en était, ne se sont pas endormis, eux!

MUGARET, *à part.*

Je le sais bien, et je serais bien aise de le faire savoir à d'autres aussi.

CHAMPFLEURY.

Avez-vous vu comme les braves gens prenaient feu à mes paroles quand je leur disais : Ce n'est pas d'avoir malhonnêtement occis le vieux Thibaudier qu'on punit l'innocent jeune homme ; mais d'avoir élevé la voix pour les religionnaires, d'avoir protégé la fuite des uns, et dérobé la tête des autres aux massacres ou aux bûchers... voilà son crime!

MUGARET.

Oh! dans chaque chaumière on nous a répondu : Nous le sauverons, ou nous périrons à la peine.

CHAMPFLEURY.

Eh bien! et moi aussi, mordieu! je le sauverai, ou je périrai à la peine. (*Il prend la main de Mugaret.*) Et vous de même, n'est-ce pas?

MUGARET.

Certainement. (*A part.*) Je voudrais bien me débarrasser de lui un moment.

CHAMPFLEURY.

Pour sauver un chrétien, voyez-vous, tout moyen doit convenir. Qu'il soit offert par un Turc ou par un Chinois, je l'accepterais même de Satan s'il était bon. (*Il se dirige vers la voiture de paille.*) Eh mais... il est là, Pierre!

MUGARET.

Qui tape de l'œil aussi.

CHAMPFLEURY.

Pauvre garçon! c'est la fatigue. Il faut pourtant que je le dérange une minute.

MUGARET.

Je vous laisse alors ; nous n'avons plus besoin l'un de l'autre pour le moment.

CHAMPFLEURY.

Avertissez tous ceux que vous verrez... dites aux timides de rôder aux environs; ils feront obstacle et foule... tout sert en pareil cas.

MUGARET.

Soyez tranquille. (*A part.*) Diable d'homme!... il n'oublie rien.

Il s'éloigne.

SCENE II.

CHAMPFLEURY, PIERRE.

CHAMPFLEURY, *sous la grosse voiture.*

Ohé, Pierre ! (*Pierre ne répond pas. Il le pousse du pied.*) Hé! l'ami Pierrot!... Il ne bouge pas plus que sa paille. (*Il le tire par l'oreille.*) C'est peut-être l'endroit sensible... dis donc, l'Endormi!...

PIERRE, *s'éveillant en sursaut.*

Hein !... qu'est-ce qui va là ?

CHAMPFLEURY.

Allons, ouvre un peu tes yeux de chat; c'est le lansquenet.

PIERRE, *se frottant les yeux.*

Tiens !... est-ce que je dormais ?

CHAMPFLEURY.

Dam ! qu'en penses-tu ?

PIERRE.

Quand on n'a plus rien à faire !

CHAMPFLEURY.

Tu ne te plaindras pas de ça long-temps.

PIERRE.

Oh ! pourvu que les bras ne manquent pas...

CHAMPFLEURY.

Des bras ? nous en avons à revendre, de solides, de trapus et bien emmanchés.

PIERRE.

Alors, il y aura de fameuses gambades quand le bal s'ouvrira !

CHAMPFLEURY, *ouvrant sa blouse et lui donnant un espadon.*

Tiens, range un peu mon violon jusqu'au moment de la danse. (*Pierre l'enfonce dans la paille de la voiture, qu'il soulève.*) Et maintenant continue tes rêves jusqu'à l'heure.

PIERRE, *se recouchant sur le sol.*

Ça va; bonsoir.

CHAMPFLEURY.

Voyons si Gisquette est matinale... Il est temps de songer aux femmes maintenant.

Il frappe à la fenêtre du rez-de-chaussée.

SCENE III.

CHAMPFLEURY, GISQUETTE.

GISQUETTE, *à la fenêtre du rez-de-chaussée.*

Ah ! vous v'là enfin !...

CHAMPFLEURY.

Mourant de soif et de fatigue.

GISQUETTE.

Et d'amour ?

CHAMPFLEURY.

Ça va sans dire ; mais je n'y songeais pas.

GISQUETTE.

C'est gentil !

CHAMPFLEURY.

Donne-moi un peu de vin à boire et ta joue à baiser.

GISQUETTE, *versant dans un verre.*

Du vin ? (*Elle lui en passe.*) Tant qu'il y en aura; ma joue à travers la grille, comme ça... C'est trop gênant de n' s'embrasser qu'à moitié.

CHAMPFLEURY.

Eh bien sors, il n'y a personne sur la place.

Gisquette vient en dehors, Champfleury la guette au passage et lui prend un baiser.

CISQUETTE.

Eh bien ! e h bien! mauvais sujet, voulez-vous bien finir?... Si mamselle Alix ..

Elle indique l'étage au-dessus.

CHAMPFLEURY.

Elle ne se lève pas si matin.

GISQUETTE.

J' crois plutôt qu'elle ne s'est pas couchée. Je l'ai entendue toute la nuit marcher dans sa chambre. La chère demoiselle ne fait que d' pousser des gros soupirs qui finissent par un déluge de larmes.

CHAMPFLEURY.

Dieu veuille qu'elle soit au bout de ses lamentations !

GISQUETTE.

Est-ce que le jugement est rendu ?

CHAMPFLEURY.

Et drôlement rendu !

GISQUETTE.

Vous dites ça d'un air à donner la chair de poule.

CHAMPFLEURY.

Ils l'ont condamné; les bonnets fourrés du démon !

GISQUETTE.

Jésus, mon Dieu ! il serait donc possible qu'on ait la preuve !

CHAMPFLEURY.

Gisquette, ma mie du cœur, tu raisonnes comme une cloche fêlée. Comment veux-tu qu'on ait la preuve de ce qui n'est pas ?

GISQUETTE.

Eh bien, alors ?...

CHAMPFLEURY.

Alors c'est égal... un homme a été tué, il faut un coupable; un pauvre garçon se trouve là, c'est lui... Les juges convaincus condamnent à l'unanimité, et ça ne leur pèse pas plus sur la conscience qu'un grain de sel dans ta marmite.

GISQUETTE.

Et faut que ce soit moi qui aie crié la première: haro !

CHAMPFLEURY.

Oui... de la belle besogne !

GISQUETTE.

Dam ! si j'avais su alors ce que vous m'avez dit depuis...

CHAMPFLEURY.

On ne te fait pas reproche... tu as fait ton devoir.

GISQUETTE.

Si je ne peux pas entendre de sa bouche qu'il me pardonne avant qu'il trépasse, j' n'oserai plus me coucher, d' peur qui n' viennent tirer par les pieds toutes les nuits.

CHAMPFLEURY.

Tu le verras. L'arrêt porte qu'il n'ira au supplice qu'après avoir fait amende honorable devant la maison de la victime.

GISQUETTE.

Eh bien ! j' vous en préviens, ça tuera mamselle Alix.

CHAMPFLEURY.

Il faudrait trouver un prétexte pour la faire s'éloigner de la maison. (*A part.*) Par prudence même.

GISQUETTE.

Chut!... v'là qu'elle ouvre sa fenêtre; elle aura entendu parler. (*Elle rentre.*) Dites-moi quelque chose.

CHAMPFLEURY.

Je ne sais pas trop quoi, par exemple.

SCÈNE IV.

GISQUETTE, CHAMPFLEURY, ALIX.

ALIX, *ouvrant la fenêtre du premier étage*, *s'avance; Champfleury ôte son chapeau.*
Ah! c'est vous, Champfleury?... Eh bien?...

CHAMPFLEURY.

Eh bien, mademoiselle.

ALIX, *à Champfleury.*

Comme vous avez tardé à venir! où en est-on? conservez-vous quelque espoir?

CHAMPFLEURY.

Ah! l'espoir, ça n'est pas ce qui nous manque.

ALIX.

Et l'arrêt sera-t-il prononcé aujourd'hui?

CHAMPFLEURY, *continuant.*

D'une manière ou d'une autre, d'ici à ce soir tout sera dit; mais quand même il aurait la vie sauve, il n'osera pas remettre les pieds dans la maison de la veuve, et son premier désir, son premier besoin, vous pensez bien que ce sera...

ALIX.

J'irai faire visite à la vieille sœur de charité qui distribue mes bonnes œuvres, et j'y resterai jusqu'à la nuit close.

CHAMPFLEURY.

Oh! v'là une heureuse idée, mamselle; vous êtes bonne comme la rosée d' mai!

ALIX.

Tenez, prenez cette bourse; (*elle la prend en dedans*) il y a quelques pièces d'or; faites dire des messes et brûler des cierges en son intention pendant tout le jour, et moi, je vais encore prier pour lui.

Elle jette la bourse et se retire de la fenêtre.

CHAMPFLEURY, *pesant la bourse dans sa main.*
Je respecte et j'honore infiniment la protection des saints; mais, vu les circonstances, je leur emprunterai cet or pour payer des secours humains plus prompts et plus efficaces.

GISQUETTE.

Lansquenet, mon amour, vous raisonnez là comme un parpaillot.

CHAMPFLEURY.

Délices de mes yeux, beaucoup d'argent pour sauver le corps; on aura toujours des prières après pour sauver l'âme.

Pendant la réponse de Champfleury, Liétard, qui a traversé la scène, est venu frapper à la porte de la maison.

GISQUETTE.

Déjà des visiteurs!... c'est un peu tôt nous déranger.

Gisquette quitte la fenêtre pour aller ouvrir; Champfleury s'assied sur un banc qui se trouve devant la fenêtre de la cuisine.

SCÈNE V.

LES MÊMES, LIÉTARD.

GISQUETTE, *ayant ouvert.*
Eh! c'est maître Liétard.

LIÉTARD.

Mon enfant, votre maîtresse, madame la duchesse de Cressac est-elle levée?

GISQUETTE.

Je ne sais pas si l'on peut la voir.

LIÉTARD.

Allez lui dire que les dépêches venues de Versailles ces jours derniers concernant sa réhabilitation ont été notifiées hier en double à neuf heures du soir, et par courrier, à monseigneur l'archevêque.

CHAMPFLEURY, *à lui-même.*

Pendant qu'on notifiait à mon pauvre ami le double de sa sentence... tout à point.

LIÉTARD.

Et je suis ici pour lui annoncer que les jeunes filles de la congrégation de la Vierge viendront la prendre pour la mener à la cathédrale, où elle recevra des mains du prélat la couronne de duchesse.

CHAMPFLEURY, *à part.*

En sorte qu'elle pourra rencontrer Margerin paré du bout de corde qui doit lui servir de collier.

Fausse sortie de Liétard.

GISQUETTE, *à Liétard.*

Ne vous en allez pas.

LIÉTARD.

Non. Je vais attendre les ordres de damoiselle Alix, si elle en a à me donner.

CHAMPFLEURY, *se levant.*

Et moi, je vais donner les miens sans attendre la volonté de personne, car il y a des gens qu'il faut servir malgré eux.

Il s'éloigne.

GISQUETTE, *revenant, à Liétard.*

Damoiselle Alix vous prie de monter à sa chambre.

SCENE VI.
JOANNES, MUGARET.

JOANNES.

Cet homme est bien celui que tu viens de nous signaler ?

MUGARET.

Lui-même, des pieds à la tête.

JOANNES.

Mais qui vous avait abouchés ensemble ?

MUGARET.

Le hasard : en passant, j'ai vu briller de la lumière à travers les planches d'une espèce d'auberge isolée où je mange une partie des doublons que la connétablie me compte pour surveiller les mouvemens des religionnaires... Soupçonnant à l'heure avancée quelque conférence secrète, je me suis fait ouvrir, et j'ai trouvé ce drôle de tout-à-l'heure attablé sans bruit avec le maître de la bicoque, vieil hérétique endurci, et des paysans qu'on endoctrinait après boire. Voilà comment j'ai eu la clef du complot dont vot' maître m'a dit de vous expliquer toutes les ramifications.

JOANNES.

Et je vais les lui transmettre sur cette place, où il doit me retrouver après avoir passé la revue de sa compagnie.

MUGARET.

Que ton amitié me soit en aide auprès du capitaine, à propos des bons et loyaux services que je rends, au risque de mon cou, à notre sainte religion catholique.

JOANNES.

La part que tu me donnes dans tes bénéfices t'assure ma bonne volonté.

MUGARET.

Encore un mot: pour faire arriver les loups dans le piège, il faudra que j'aie l'air d'y tomber avec eux... que les dragons n'aillent pas confondre...

JOANNES.

Tu te jetteras dans le groupe où tu m'apercevras, et nous te ferons prisonnier au commencement de la bagarre.

MUGARET.

Je n'y manquerai pas : vivent les gens d'esprit et de ressources!

JOANNES.

Bon courage!...

SCENE VII.
JOANNES, puis GISQUETTE.

JOANNES.

Voilà une affaire réglée... à l'autre maintenant.

Il sonne, Gisquette arrive.

GISQUETTE.

Qu'est-ce qu'il y a pour votre service ?

JOANNES.

Il y a, ma belle enfant, que je suis chargé par le capitaine de Maufilatre de présenter ses hommages à dame Alix, duchesse de Cressac, sa parente.

GISQUETTE, voulant s'en aller.

Je ne manquerai pas de le lui dire

JOANNES, la retenant.

Et de lui demander à être admis le premier à l'honneur de la féliciter.

GISQUETTE.

Je l'en préviendrai sitôt que l'on pourra; (Maufilatre entre) car elle vient de s'enfermer avec son homme d'affaires, en me recommandant de ne laisser pénétrer personne.

SCENE VIII.
LES MÊMES, MAUFILATRE.

MAUFILATRE.

Où personne n'entre, ma mie, rappelle-toi que les gens de ma sorte voient s'ouvrir les deux battans dès qu'ils se nomment; et ma belle et honorée cousine l'apprendra dans un manuel à l'usage de la noblesse, dont je veux lui faire cadeau. C'est aux hommes d'affaires à quitter la place quand les gentilshommes arrivent; retiens cela pour ta gouverne, et va en prévenir ta maîtresse.

GISQUETTE.

J'y vais, monseigneur (À part.). Les gens de ma sorte... en est-il bouffi de sa sorte !

Elle sort.

SCENE IX.
JOANNES, MAUFILATRE.

MAUFILATRE, se retournant vers Joannes.

As-tu des détails bien circonstanciés, mon vieux Bohémien?

JOANNES.

Oui, monseigneur, voici en effet le champ de bataille.

MAUFILATRE.

Par la moustache de Judas, il est merveilleusement choisi. Nous aurons l'aspect d'une noble dame, ma belle cousine, pour électriser les combattans.

JOANNES, montrant l'église.

Et les secours spirituels à deux pas, pour les pécheurs qui voudront s'en aller en état de grâce.

MAUFILATRE.

C'est fort civil à ces rustres de nous éviter la peine d'aller courir comme des oies sauvages, en trébuchant dans ce pays de ronces et d'épines, pour les déterrer au clair de lune, quand il en fait.

JOANNES.

Cette fois, il paraît que l'éclat du jour n'effraie pas leurs yeux de hiboux.

MAUFILATRE.

Eh bien, Joannes, ils seront à même de juger si le feu de l'enfer est plus chaud que celui du soleil, car je veux faire aujourd'hui de tous ces honnêtes gens un magnifique plat de dessert pour monsieur le diable.

JOANNES.

Pendant que vous serez en train, il ne vous en coûtera pas davantage, si c'est lui, le diable ou tout autre qui vous favorise, je ne sais pas au juste; mais, par le crâne de mon père, il vous fait bonne mesure, tout tourne à votre avantage.

MAUFILATRE.

Oui, excepté dans mon amour, je ne suis pas trop malheureux, car pendant que je maugréais comme un païen contre ces dépêches de Versailles arrivées si mal à propos, voilà qu'une note importante du père de la demoiselle remet le sort de la dédaigneuse personne en mon pouvoir, dès qu'il me plaira d'en user.

JOANNES.

Et lorsque vous vous décidez, pour obtenir le régiment qui vous est promis, à faire une battue dans les gorges des montagnes, qui peuvent devenir notre tombeau...

MAUFILATRE.

Mes ours s'avisent de sortir de leurs tanières pour venir se faire prendre à la glu en plein marché, comme des étourneaux, c'est vrai.

JOANNES.

Et le plus étrange, pour sauver un catholique.

MAUFILATRE.

Qui ne veut pas se sauver.

JOANNES.

Par exemple!

MAUFILATRE.

C'est comme cela : pendant la séance du tribunal, je ne sais quel mouvement était venu me saisir; il faut que j'aie du bon en moi, vois-tu. J'ai fait proposer à Margerin de gagner l'Italie, l'Afrique ou l'Espagne, à son choix, pourvu qu'il jurât sur l'Évangile de ne jamais remettre le pied dans le beau royaume de France et de Navarre.

JOANNES.

Et il a répondu?

MAUFILATRE.

Que c'était au coupable à prendre la fuite, qu'il ne voulait pas grâce, mais justice.

JOANNES.

C'est clair; il trouve plus piquant de se faire sauver ici même, sous les yeux de l'objet aimé.

MAUFILATRE.

Ah! si c'est là sa pensée, elle est triste et mauvaise; car Dieu me damne s'il n'y laisse pas sa peau, sous les yeux de l'objet aimé!

JOANNES.

Ainsi que celui qui met toute la machine en train... C'est une de vos connaissances, cet homme que vous avez rencontré, reconnu, je ne sais plus quand, demandant l'aumône...

MAUFILATRE.

Champfleury?

JOANNES.

Je crois que c'est son nom.

MAUFILATRE.

Par la mortdieu, c'est un brave homme! il est l'ami de Margerin, et veut le tirer de peine, on n'est pas pendu pour cela.

JOANNES.

Quand on réussit...

MAUFILATRE.

Je veux même qu'il ait bonne récompense.

JOANNES.

L'espion Mugaret, qui a tout découvert, à la bonne heure.

MAUFILATRE.

A Mugaret, on lui jettera dans la boue quelques pièces d'or, c'est ce que vaut son métier; mais tu ne veux pas que je paie dignement le zèle d'un soldat catholique qui va me faire avoir un beau régiment presque sans coup férir... certes, il sera récompensé; j'entends par la corne du diable lui faire obtenir une pension royale ou la table des officiers à l'hôtel des Invalides; il travaille pour la religion.

JOANNES.

C'est pour son Margerin qu'il travaille.

MAUFILATRE.

N'en profiterons-nous pas tout de même? qu'importent les intentions? ce sont les résultats qu'on juge.

JOANNES, montrant quelque chose en dehors.

Voilà les blouses à raies et les sarreaux gris qui descendent le faubourg, c'est le commencement.

MAUFILATRE.

Ils s'y prennent de bonne heure.

JOANNES.

Pour se répandre dans la ville avec les marchands de grains, qu'ils enivreront au cabaret.

MAUFILATRE.

La porte de ma belle cousine s'est ouverte; cours au quartier, le lieutenant a des instructions précises, et n'attend plus que mes derniers ordres, va lui dire qu'il est temps de se mettre en marche, et tu accompagneras ses dragons jusqu'à ce qu'il te charge de me revenir joindre.

Joannes sort.

~~~~~~

SCENE X.

MAUFILATRE, LIÉTARD, Conjurés.

Pendant cette scène et les suivantes on voit des hommes de la campagne apporter des paniers à deux anses, des sacs pleins, des hottes de gaules qu'ils déposent à différens endroits.

MAUFILATRE, à Liétard qui sort de chez Alix.

Vous discourez bien longuement, maître Liétard.

LIÉTARD, se plaçant devant lui.

Pardon, monseigneur, mais je suis chargé par damoiselle Alix de vous prévenir qu'elle ne saurait avoir l'honneur de vous recevoir en ce moment.

MAUFILATRE.

Je serais bien aise de l'entendre de sa bouche.

LIÉTARD.

Elle achève de s'habiller pour se rendre à la cathédrale, et ce n'est qu'au retour qu'elle acceptera le titre de duchesse et les félicitations de tout le monde avec les vôtres.

MAUFILATRE.

Ainsi soit-il.

Les portes de l'église s'ouvrent.

SCENE XI.

MAUFILATRE, LIÉTARD, LA CONGRÉGATION DES JEUNES FILLES DE LA VIERGE; puis ALIX et GISQUETTE.

Les jeunes filles vêtues de blanc sortent de l'église sur deux files, la bannière en tête, et viennent s'arrêter à la maison de Thibaudier le défunt. La place se peuple; Alix en grand deuil sort de la maison, suivie de Gisquette, joint les mains devant la bannière et s'incline.

ALIX, à Liétard.

Ah! maître Liétard, ces titres, ce rang, cette fortune, si je les accepte, c'est pour lui seul; je vous ai tout dit, lui seul est ma vie, je ne saurais le croire coupable; et dès qu'il sera libre, je l'appellerai mon époux.

LIÉTARD, tristement.

Pauvre femme!

ALIX, arrivant devant la bannière.

Sainte Vierge, qui prenez en pitié ceux qui souffrent et qui soutenez le courage des innocens qu'on persécute, ne m'abandonnez pas!

Elle se relève et s'avance pour prendre place au milieu des jeunes filles.

MAUFILATRE, se présentant.

Noble cousine, j'attends depuis une heure à votre porte l'honneur de vous conduire jusqu'à l'autel.

ALIX, indiquant Liétard.

Je regrette la peine que vous avez prise; mais j'ai déjà refusé le bras de ce digne vieillard, seigneur de Maufilatre; je n'ai pas besoin d'appui pour marcher dans la voie de Dieu.

Elle va se placer derrière la bannière entre deux jeunes filles.

MAUFILATRE, à part.

Tu marcheras dans la mienne, vaniteuse fille, ou je te précipiterai du faîte où tu te crois sûre d'arriver sans péril.

La procession se met en marche; Joannes, écartant les curieux qui se pressent pour la voir passer, arrive à Maufilatre.

JOANNES, bas à Maufilatre.

On vous attend.

MAUFILATRE, après avoir regardé Alix s'éloigner.

Marchons.

Il disparaît suivi de Joannes; les jeunes filles, Alix, Gisquette et Liétard sont entrées dans l'église, dont les portes se referment sur elles.

SCENE XII.

LA BLOUSE RAYÉE, LE SARREAU GRIS, CHAMP-FLEURY, MUGARET, HOMMES et FEMMES.

CHAMPFLEURY, amenant la blouse et le sarreau à l'écart.

Le marché s'emplit : allons, ceux qui vendent, soyez coulans; ceux qui achètent, ne chicanez pas sur le prix, donnez des arrhes et faites enlever, afin qu'on balaie plus vite la place des hommes inutiles.

LA BLOUSE, montrant à la cantonade.

Voici des charrettes et des mulets qui enfilent la grande rue, ce sont encore des nôtres.

CHAMPFLEURY.

Y aura-t-il des armes pour tous?

LE SARREAU.

Ces longues perches là-bas ne sont pas apportées pour gauler des pommes; avec l'argent que vous nous avez donné tout-à-l'heure, nous avons trouvé de quoi mettre au bout.

LA BLOUSE.

N'est-ce pas Rolland, le chef des Cévennes, qui descend de mulet avec deux autres?

LE SARREAU.

Oui; et celui qui a la ceinture de cuir, c'est le petit Chevalier : petit de taille seulement!

Il fait un mouvement pour aller à eux.

CHAMPFLEURY, le retenant.

Laissez-les venir pour ne pas éveiller les soupçons.

MUGARET, arrivant du dehors.

Vous savez, les deux chefs intrépides qui sont des nôtres.

LA BLOUSE.

Chut! nous les avons vus.

MUGARET.

Et les dragons vont partir pour les montagnes. (Le boute-selle se fait entendre.) Écoutez.

LE SARREAU, tirant Pierre à part et désignant Mugaret.

Pierre, méfie-toi de lui; j'ai vu, dans la rue, Aubrier, le valet du capitaine Maufilatre, lui faire un petit signe en partant.

PIERRE.

J'aurai l'œil sur la bête, et je me charge de la corriger s'il y a lieu.

SCENE XIII.

LES MÊMES, PÈRE MATHIAS, UN CHIEN DU SAINT-BERNARD.

Pendant qu'on voit entrer ces nouveaux arrivans, plusieurs personnes semblent aller au-devant de quelques-uns vers la gauche.

PIERRE.

Eh! c'est le père Mathias, le quêteur du Saint-Bernard.

TOUS.

Bonjour, mon révérend.

MATHIAS.

Bonjour, mes enfans, bonjour.

LE SARREAU.

Est-ce que le grain manque à l'hospice, que vous voilà parmi les sacs?

MATHIAS.

Non, mes amis, non; comme en passant j'ai su que c'était jour de marché, je suis venu faire un tour sur la place, bien sûr d'y trouver des connaissances.

CHAMPFLEURY, *au chien du père, qui recule lorsqu'il veut le caresser.*

Eh bien! Lion, mon brave Lion, tu ne reconnais pas ton ami le lansquenet? ici, bonhomme, ici, voyons, con'e-nous un peu tes aventures. Qu'est-ce que tu as fait de beau cette année?

MATHIAS.

Il a eu la chance : il a sauvé sept chrétiens de la mort.

Le chien met ses deux pattes de devant sur la poitrine de Champfleury et le lèche.

CHAMPFLEURY.

Et l'année n'est pas encore finie; pas vrai, mon beau Lion?

LE SARREAU.

Digne animal, il ne s'informe pas, j'en suis sûr, si ses obligés sont pour le pape ou pour Calvin!

CHAMPFLEURY.

Son intelligence lui dit de sauver tous ceux qui souffrent, qu'ils mangent ou non de la vache à Colas.

MATHIAS.

Je peux répondre que vous avez raison. Qu'en dis-tu, mon bon Lion? est-ce ton avis aussi, à toi?

Le chien, à la question de son maître, fait un aboiement joyeux.

CHAMPFLEURY, *aux autres.*

Hein! comme il comprend! il ne lui manque que la parole, à ce gaillard-là!

Le beffroi commence à sonner, un léger frémissement a lieu sur la place; on voit les hommes en sarreau et en blouse se rapprocher les uns des autres.

MATHIAS.

Que va-t-il donc se passer, compère, et pourquoi cette sonnerie?

CHAMPFLEURY, *bas.*

Si vous m'en croyez, prenez le large; car votre présence pourrait nuire au malheureux qu'on va amener sur cette place.

MATHIAS.

Qu'a-t-il donc fait?

CHAMPFLEURY, *le menant dehors tout en lui parlant.*

Nous vous le dirons demain, dans la montagne, si vous ne l'avez pas appris d'ici là.

MATHIAS.

Allons, Lion, allons, dis-leur adieu; vite et gagne pays.

Le chien part.

TOUS.

A revoir, bon père.

LE PÈRE, *s'arrêtant et d'une voix grave.*

Dieu vous bénisse, comme je vous bénis moi-même, bonnes gens, et vous protége dans vos entreprises commerciales et autres!

Le chien revient au-devant du père et s'en retourne avec lui.

CHAMPFLEURY.

Et autres! que Dieu l'entende! (*A ses compagnons lorsque le père est sorti.*) Voilà une bénédiction d'honnête homme : ça doit nous porter bonheur.

SCENE XIV.

CHAMPFLEURY, MUGARET, PIERRE, LE SARREAU GRIS, LA BLOUSE RAYÉE, CAMISARDS, PAYSANS, FEMMES.

LE SARREAU, *bas.*

Voilà le moment qui approche!

LA BLOUSE.

Comment éloigner les femmes?

CHAMPFLEURY.

Elles sont bien trop curieuses pour ça; mais la nichée s'envolera d'elle-même au fort du grabuge.

UNE PAYSANNE, *qu'on refouloit vers le fond.*

Eh ben! eh ben! qu'est-ce que vous avez donc, vous, à pousser comme ça le monde? J' veux acheter de la paille!

PIERRE.

N'y en a plus sur l' marché.

LA PAYSANNE, *avançant.*

Et c'te charretée pleine donc?

PIERRE, *la repoussant.*

Elle est vendue. (*A Champfleury.*) Un bout de lance passe, prends garde!

CHAMPFLEURY, *au sarreau qui est plus près.*

Renfonce-le.

LA PAYSANNE, *retournant aux autres.*

C'est des accapareurs de tout bien, j'en suis sûre. Y r'vendront ça l' double à d'main matin.

UN PAYSAN.

Ohé! ohé! v'là l' cortège du condamné!

A ces mots et au mouvement du peuple, les blouses et les sarreaux se portent du côté de la charrette, en avant de la maison de l'orfévre.

MUGARET, *bas.*

Si on allait s' douter de quelque chose?

PIERRE, *de même.*

Garde tes idées pour toi et n'effraie pas les autres!

CHAMPFLEURY, *à demi-voix.*

Chacun est-il prêt?

LE SARREAU.

Quand vous voudrez.

LA BLOUSE, *de même.*

Disposé à bien faire. (*Il montre une poignée d'armes par la fente de son vêtement.*) Voyez!

CHAMPFLEURY, *passant devant lui.*

Caché, voilà les archers.

PIERRE, *se haussant pour voir.*

Sont-ils nombreux?

CHAMPFLEURY.

Douze ou vingt tout au plus, s'il ne vient pas de renfort.

MÉGARET, *bas.*

Mais si le peuple prend parti pour eux?

PIERRE, *durement.*

Nous te chargerons de la faire taire.

Entrent deux porteurs de trompes suivis d'un crieur; quatre archers, dont deux à droite et deux à gauche, font ranger le monde; les habitans, hommes et femmes, se portent en avant des portes de l'église.

LA PAYSANNE.

V'là l' patient! (*Le montrant aux autres.*) Tenez, tenez!... Il est tout gentil!... c'est dommage!

UNE AUTRE.

Il marche tout seul... On n' l'a donc pas mis à la torture?

LA PAYSANNE.

Ga dit qu'il en a été exempté par la protection de l'archevêque.

UNE AUTRE.

Est-ce que ça finira par la brûlure?

LA PAYSANNE.

Qu' t'es bêtasse! puisqu'il n'y a qu'un gibet.

UNE AUTRE.

Ah! ben, j'en suis peinée... j'ai jamais vu flamber personne.

Margerin, en chemise, une torche à la main, au cou une corde dont le bourreau tient le bout; un confesseur est à côté du jeune homme, d'autres archers les entourent et ferment la marche.

SCÈNE XV.

LES MÊMES, MARGERIN, MAUFILATRE, JOANNÈS, LE CONFESSEUR, LE BOURREAU, ARCHERS, CAMISARDS, PAYSANS, PAYSANNES, HABITANS.

LE BOURREAU, *se penchant vers Champfleury.*

Est-ce l'instant?

CHAMPFLEURY, *de même.*

Je donnerai le signal; ayez les yeux sur moi.

Le cortège est arrivé près du crieur; celui-ci fait signe aux porte-trompes qui sonnent un appel; un silence profond s'établit peu à peu dans l'auditoire.

JOANNÈS, *tout-à-fait du fond, lorsque le crieur s'apprête à lire le papier qu'il tient.*

Place! place! (*Murmures de ceux qu'on dérange.*) Laisserez-vous passer, vilains?... Place, mordieu! c'est un gentilhomme le capitaine des dragons du roi!... Dérangez-vous donc! c'est le seigneur de Maufilatre!

Tous reculent avec crainte en murmurant son nom.

PIERRE, *à demi-voix.*

Je le croyais parti... Qu'est-ce que vient faire encore cet enfant de Barabbas?

CHAMPFLEURY, *bas.*

Attention!

MAUFILATRE, *au commandant des archers.*

Au nom du roi! (*Au confesseur.*) Laissez-nous

un peu, mon père. (*Il s'approche de Margerin, qu'il amène en avant à l'écart.*) Les heures ont marché depuis ce matin?

MARGERIN.

Je ne les compte plus.

MAUFILATRE.

Te souviens-tu des propositions que je t'ai fait faire dans ton cachot?

MARGERIN.

Je les ai repoussées; que me voulez-vous encore?

MAUFILATRE.

Te sauver au moment du supplice. Je ne veux pas te voir périr.

MARGERIN.

Tant d'insistance de la part du seigneur de Maufilatre!... En quoi donc peut l'intéresser ma vie?

MAUFILATRE.

Ce n'est pas intérêt pour ta vie, pitié pour ton sort... non... je n'ai pas de pitié... et je te hais... c'est je ne sais quel cri de la conscience?...

MARGERIN.

Vous savez donc que je suis innocent?

MAUFILATRE.

Je le sais.

MARGERIN.

Eh bien!... il existe un coupable?

MAUFILATRE.

Qu'un seul homme au monde pourrait faire connaître, et cet homme se taira.

MARGERIN.

Que le coupable se nomme lui-même, et que votre influence le sauve comme elle veut me sauver.

MAUFILATRE.

Et... si... c'était moi?...

MARGERIN, *reculant.*

Vous... l'assassin du vieillard!...

MAUFILATRE.

Par fatalité... oui... pourrais-tu me conseiller encore...

MARGERIN, *reprenant son attitude calme.*

Je vous plaindrais, seigneur, d'être obligé de vivre couvert du sang de deux hommes qui ne vous ont jamais fait de mal, et je ne voudrais pas changer ma place avec la vôtre.

MAUFILATRE.

Mais ton sang, tu vois bien que je ne veux pas qu'il soit versé.

MARGERIN.

Oui, vous daignez me laisser la vie sauve, avec la honte de l'action.

MAUFILATRE.

Et la honte du supplice!

MARGERIN.

Elle ne peut atteindre qui ne la mérite pas.

MAUFILATRE.

Décidément, tu comptes sur d'autres secours que les miens?

MARGERIN.

Je n'ai foi qu'en l'assistance du ciel.

MAUFILATRE.

Je sais tout ce qui se prépare... ne laisse pas fuir

le moment... Une fois hors de cette enceinte, je ne reviendrai plus sur mes pas... que pour faire justice.

MARGERIN, *avec un sourire amer.*

Justice !... Faites donc, monseigneur, et voyez si l'approche de la mort me fait peur... je suis moins pâle que vous.

MAUFILATRE.

C'est ton dernier mot ?

MARGERIN.

Le dernier.

MAUFILATRE.

Ta volonté soit faite ! (*Au Crieur.*) Commencez votre office.

Il sort ; les trompes retentissent de nouveau ; l'auditoire s'émeut.

CHAMPFLEURY, *aux siens, bas.*

Ne bougez pas, vous.

LE CRIEUR, *lisant.*

« De par haut et puissant tribunal du ressort de l'intendance de Grenoble, on fait savoir à tous qu'il appartiendra la grande justice qui va être faite sur la personne de Louis Margerin, imagier de la cathédrale, atteint et convaincu d'homicide sur la personne de maître Thibaudier, orfèvre de la rue des Merlettes. Après que ledit Margerin, conduit sur la place du Marché, aura fait amende honorable devant la maison de la victime, il sera conduit au gibet et pendu par le cou jusqu'à ce que mort s'ensuive. »

LE CONFESSEUR.

A genoux, mon fils !

MARGERIN.

A genoux pour prier le Seigneur de recevoir dans son sein l'ame du défunt, et bientôt la mienne. (*Il se relève.*) Debout, pour dire à voix haute devant Dieu et devant les hommes : Je suis innocent.

CHAMPFLEURY, *vivement.*

A nous, frères !...

LE SARREAU.

A nous !... il est innocent !

PIERRE.

A la besogne, les hommes de cœur !... sus aux archers !

TOUS.

Sus aux archers !

MARGERIN, *stupéfait.*

Que faites-vous ?... arrêtez, malheureux !... que faites-vous ?

Tous les hommes en blouses et en sarreaux, groupés auprès les uns des autres, renversent les archers qu'ils désarment ; d'autres soulèvent la paille de la voiture, et mettent les faux à l'envers au bout des perches qu'ils ont apportées ; tous tirent de dessous leurs vêtemens des poignards, des épées, des pistolets ; les paysans épouvantés refluent vers l'église ; les portes violemment poussées cèdent, et laissent voir Alix, la couronne en tête, reconduite par le clergé, au milieu des jeunes vierges, qui s'arrêtent sur le seuil de l'édifice. Suspension générale.

LE SARREAU, *d'une voix forte.*

Paix à tous ! passage à la force !... (*Les camisards entraînent Margerin vers la gauche. Ceux de la tête, qui déjà avaient dépassé la place, y reparaissent refoulés tout-à-coup sur ceux qui les suivent.*) Les dragons... les dragons sont là !...

Ils font tête sur une ligne, la pique en avant, le pistolet au poing, pour soutenir le choc ; les autres conjurés font

volte-face, veulent s'ouvrir un passage par la droite, et refluent sur la place en criant.

LA BLOUSE.

Les dragons ! les dragons de ce côté aussi !

LE SARREAU.

La place est cernée !

LA BLOUSE.

Nous sommes vendus !

PIERRE, *amenant Mugaret en scène par le col.*

Et voilà le traître !

Il le tue d'un coup de poignard, et le jette sous la voiture.

MARGERIN, *se précipitant.*

Arrêtez ! arrêtez !...

ALIX, *qui l'a reconnu.*

Margerin !

MARGERIN.

Pour moi... du sang versé !... jamais... jamais ! laissez-moi mourir !

ALIX.

Mourir ! miséricorde !... il allait mourir !

MAUFILATRE, *au fond.*

Bas les armes, canaille ! ou pas un ne sort d'ici.

LA PAYSANNE, *au milieu des habitans épouvantés.*

Nous n'en sommes pas, dites donc !

LA FOULE.

Grâce !

MARGERIN.

Mes amis, au nom du ciel !...

CHAMPFLEURY.

Tu nous perds avec toi !

MAUFILATRE, *qui les voit se former en carré.*

Ah ! les drôles persistent ? tuez tout. Dieu saura bien reconnaître après ceux qui lui appartiennent. (*Avec un geste de commandement.*) Dragons, feu !

Les conjurés se jettent à plat-ventre pour éviter la fusillade. Champfleury et le Sarreau, qui tiennent Margerin, le forcent à suivre leur mouvement. Deux ou trois hommes restés debout tombent mort sous les balles des dragons ; les autres se relèvent et se mettent en défense.

MARGERIN, *s'arrachant des mains des conjurés.*

Me voilà, me voilà, je me livre.

ALIX, *se précipitant des marches de l'église entre lui et Maufilatre.*

Je te sauverai, moi. (*Elle l'entraîne au milieu des jeunes filles, vers la statue de Notre-Dame, en criant :*) Asile ! asile !

TOUT LE PEUPLE.

Asile !

MAUFILATRE, *aux dragons.*

En avant !

A l'appel de leur capitaine les dragons filent le long des maisons à l'opposé des amis de Margerin, se forment derrière Maufilatre, l'arme en avant, prêts à monter à l'église.

ALIX, *au haut des marches, dominant ses compagnes à genoux et la foule des conjurés, des dragon et du peuple qui encombrent la place, s'écrie d'une voix inspirée :*

C'est ici lieu d'asile, Dieu le veut !

TOUT LE PEUPLE, *emporté par son exaltation.*

Dieu le veut !

Maufilatre, à ce cri unanime, s'arrête et abaisse son épée ; les dragons font un pas en arrière et mettent l'arme au pied. Tous les hommes se découvrent, toutes les femmes tombent à genoux, et le clergé, au seuil de l'église, étend la ban re sur la tête de Margerin.

ACTE TROISIÈME.

Le théâtre représente une vue de la vallée d'Aoste. Au fond ses hameaux, sa riche verdure, ses eaux courantes et son diadème de glaciers que laisse apercevoir, à travers une arche immense, un pont fragile formé de quelques rouleaux de bois liés ensemble, et jeté hardiment sur deux blocs de rochers. Ces deux blocs, qui pendent sur un précipice sans fond, dominent et menacent les chemins étroits et rapides qui côtoient le gouffre; seuls passages offerts au voyageur pour arriver sur le plateau qui forme l'avant-scène. De ce plateau, d'autres sentiers escarpés et dangereux conduisent au pont. A la droite du spectateur, au premier plan, une masure de berger abritée entre deux rochers.

SCENE PREMIERE.

PIERRE, *en pâtre des montagnes, ayant un accoutrement en peau de brebis*, LE SARREAU-GRIS, LA BLOUSE-RAYÉE *dans la masure.*

PIERRE, *aux deux hommes qu'on ne voit pas.*

Débarrassez-vous d'abord de tout le costume; il ne faut pas qu'on trouve vestige de désertion dans ma cabane.

LE SARREAU, *du dedans et dont on ne voit que les mains.*

Voilà le fusil, le sabre et la giberne, je garde les cartouches.

PIERRE, *prenant le tout.*

Bon, et l'autre?

LA BLOUSE, *de même.*

Voilà.

PIERRE, *de même.*

Très-bien, armes et fourniment à la nage, dans le torrent qui coule au fond de ce précipice. (*Il les jette dans la ravine, retourne sur ses pas, reçoit leurs habits, et leur fait prendre la même route.*) Un bain aux uniformes savoyards, ça les décrassera; maintenant voilà du lait caillé et quelques croûtes d'un pain bis de six semaines... Mais nous dînerons mieux à l'auberge de la Vallée.

LE SARREAU, *sortant de la cabane en berger.*

Hou... hou... hou... il ne fait pas chaud à changer de costume sur vos montagnes.

PIERRE.

Et si tu étais là haut donc, sur les glaciers, en plein cœur de l'été, il y gèle toujours un peu, par habitude.

LA BLOUSE, *costumé comme les deux autres, se jetant sur les provisions.*

Et vous faites le métier de gardeur de chèvres depuis cinq ans?

PIERRE.

Depuis les cinq ans que nous avons échappé à la fusillade... depuis ce fameux jour qui devait être celui de la pendaison de l'imagier.

LA BLOUSE.

Pauvre imagier, Dieu sait ce qu'il est devenu!

PIERRE.

Peut-être est-il en Piémont, où dame Alix a, dit-on, trouvé aussi un refuge contre la persécution.

LE SARREAU.

Il y serait mieux qu'ici; j'mourrais d'ennui, moi, dans une solitude pareille.

PIERRE.

Un fils de pâtre ne s'ennuie jamais dans les montagnes où il a été élevé. Je descends au hameau avec mes chèvres, quand vient la saison mauvaise; je remonte avec elles à ma cabane au premier souffle du printemps; j'ai mieux aimé ça que d'aller avec vous, en fuyant la France, m'engager au service d'Emmanuel de Savoie. D'abord je me suis dit une chose : Un roi peut bien accueillir ou prendre à sa solde les sujets d'un voisin qu'il veut inquiéter; mais si la politique change, on livre les pauvres sujets, et ce sont eux qui paient les frais du raccommodement; Champfleury a senti ça comme moi, il a préféré se faire guide du mont Saint-Bernard, à reprendre le mousquet.

LE SARREAU.

Et vous avez eu bien raison; vous vivez à l'abri du caprice des souverains.

LA BLOUSE.

Et vous pouvez rendre service à vos anciens compagnons.

LE SARREAU.

Ah! quelle défilade parmi les religionnaires, quand on est venu nous avertir que ce gueux de Maufilatre arrivait en mission secrète de la cour de Versailles auprès du duc Emmanuel!

LA BLOUSE.

Le soir même, la moitié des réfugiés décampaient sans crier gare.

PIERRE.

(Oui, mais avec armes et bagages, ce qui a laissé au duc de Savoie le droit de donner carte blanche à Maufilatre pour courir sus aux déserteurs.

LA BLOUSE.

Il en use, le scélérat, qui nous fait traquer, comme des bêtes fauves, par les dragons de son escorte.

PIERRE.

A l'heure qu'il est, il y a quelque chose qui m'occupe autrement que les dragons... Prends mes deux outres, Sarreau-Gris; et toi, La Blouse, les paniers, et faisons comme nos chèvres, dégringolons... sans culbute, si c'est possible.

SARREAU, *prenant les outres.*

Qu'est-ce que tu vois donc?

PIERRE.

J'vois, j'vois des nuages blancs là-bas, et j'ai entendu ce matin là-haut un de ces cris mystérieux des montagnes, que, nous autres habitués du local, nous n' tenons pas à entendre beaucoup se répéter.

Ils se mettent en route avec les outres et les paniers.

SARREAU, *après avoir fait le premier quelques pas, s'arrête, court et regarde à gauche.*

Les dragons! les v'là, en attendant...

PIERRE, *le poussant par le dos.*

Qu'est-ce que ça te fait?

SARREAU, *reprenant sa route.*

Tu as raison.

PIERRE.

Voilà le vent qui s'élève aussi; c'est moins gai que les dragons. (*Après avoir regardé.*) Oh! le vieux Bohème de Joannes est avec eux, c'est autre chose; méfiez-vous.

On entend siffler le vent.

SCÈNE II.

LES MÊMES, JOANNES, UN GUIDE, DRAGONS.

JOANNES, *suivant un guide; il vient de bas en haut, faisant face au spectateur.*

A quelle distance sommes-nous encore de l'hospice?

LE GUIDE, *qui le précède.*

Plus d'une heure et demie par un chemin difficile.

JOANNES.

Diable!

PIERRE, *se voyant rejoint.*

Et le temps menace fort.

JOANNES, *s'arrêtant devant lui.*

Eh! il fait superbe... et toi tu trouves, berger, que le temps menace?

PIERRE,

Ne vous y fiez pas.

JOANNES.

Et dis-moi, la distance du dernier hameau que nous avons traversé...

PIERRE.

Elle est le double de celle du couvent.

JOANNES, *aux dragons.*

Si le colonel n'attendait pas là-haut ses dépêches que j'ai prises à Martigny, j'aurais exploré ce côté de la montagne avec vous... (*désignant Pierre et ses amis*) mais voilà trois bergers qui doivent connaître les bonnes cachettes, ils vous les enseigneront.

PIERRE, *bas.*

Oui, l'année prochaine. (*Haut.*) Nous ne pouvons pas laisser aller nos chèvres seules. (*Avec sang-froid.*) Vous êtes donc toujours après les déserteurs? Où en êtes-vous avec eux? avez-vous fait bonne chasse?

JOANNES.

On n'en prend pas un; je crois que le diable les cache sous son bonnet.

PIERRE.

Hier, sur la rampe droite qui descend vers Chamouny, j'en ai vu deux qui n'étaient pas à leur aise.

JOANNES, *aux dragons.*

Eh bien, prenez par là.

PIERRE.

Oui, tâchez d'obtenir la prime, et si vous glissez, prenez garde aux trous.

Les dragons disparaissent par la gauche en montant le sentier.

UNE VOIX, *en dehors et d'en-bas.*

Pied à terre, je vous dis.

PIERRE, *aux autres.*

C'est la voix de Champfleury.

LA VOIX.

Nous approchons d'un brigand de passage où le faux pas d'une mule peut coûter gros à celui qui la monte.

JOANNES.

Est-ce que c'est une caravane?

LA VOIX.

Thomas, attache les deux bêtes ensemble et suis-les, nous vous rejoindrons.

JOANNES, *à lui-même.*

Il me semble que j'ai déjà entendu cette voix-là!

SCÈNE III.

PIERRE, SARREAU, LA BLOUSE, CHAMPFLEURY, JOANNES et son GUIDE, LIÉTARD.

CHAMPFLEURY, *en guide, barbe épaisse, soutenant Liétard; il monte en scène par le même côté que Joannes.*

Allons, allons, maître, ça n' vous f'ra pas d' mal; n'y a rien d' favorable comme de s'émouvoir pour la circulation du sang.

LIÉTARD.

Pourvu que nous arrivions aujourd'hui au terme de notre voyage; je suis attardé de trois jours.

CHAMPFLEURY.

Il eût été plus sage d'attendre au quatrième.

LIÉTARD.

C'était impossible. (*A part.*) La pauvre femme n'aurait pas attendu, elle.

JOANNES, *devenu attentif après la réflexion de Champfleury, qui ne l'a point encore aperçu.*

Décidément je connais cet homme. (*Haut.*) Ohé, guide, mon ami, est-ce que tu redouterais quelque catastrophe?

CHAMPFLEURY, *à Liétard.*

Oh! v'la d'là compagnie.

PIERRE, *bas à Champfleury.*

C'est nous.

CHAMPFLEURY, *surpris à l'aspect des bergers.*

Eh! qu'est-ce que vous faites donc là comme trois hiboux sur le revers d'une route? (*D'un air significatif.*) Sortez donc, chevriers, la brume gâte les chemins.

PIERRE.

Oh! nous avons le pied sûr.

CHAMPFLEURY.

C'est l' temps qui ne l'est pas, et sans les instances de ce monsieur, je n'aurais pas quitté la cassine aujourd'hui.

PIERRE.

Adieu donc.

CHAMPFLEURY.

Et la sainte Vierge vous protége!

Pierre et ses compagnons disparaissent en descendant par la droite.

SCÈNE IV.

CHAMFLEURY, JOANNES, LIÉTARD, LE GUIDE.

JOANNES.

Est-ce qu'il y a vraiment de quoi avoir peur?

CHAMPFLEURY.

Il s' forme et descend là-bas, là-bas, un cré coquin d' brouillard qui va nous cracher d' la neige à la figure avant ce soir. (*Désignant un point du ciel.*) T'nez, v'là l' vent qui l' précède; baissez-vous!

JOANNES.

Nous baisser! allons donc!

CHAMPFLEURY, *exécutant avec Liétard et le guide ce qu'il a commandé.*

Allons donc! vous allez voir.

JOANNES, *resté debout et décoiffé par la bouffée de vent.*

Aïe! mon chapeau!

CHAMPFLEURY.

Tenez! le voilà qui décampe tout seul comme un grand garçon.

JOANNES, *voulant le rattraper.*

Sacrebleu!

CHAMPFLEURY.

Faut en faire votre deuil, voyez-vous... autant de fricassé! il s'en va dans le Piémont... Bon voyage!

LIÉTARD, *se relevant.*

Je voudrais bien y arriver à sa place, dans le Piémont.

CHAMPFLEURY.

Pas par la même route?

LIÉTARD.

Ah! si vous saviez avec quelle impatience sont attendues les nouvelles que j'apporte!...

CHAMPFLEURY.

Alors continuons, à la grâce de Dieu!

Il s'apprête à descendre par la droite.

JOANNES, *à son guide.*

Et nous aussi. (*Déjà sur le sentier à gauche, il regarde à ses pieds.*) Tiens! tiens! tiens! qu'est-ce que c'est donc que ce p'tit animal qui se roule dans la neige?

CHAMPFLEURY.

Où donc?

JOANNES.

Tout près du sentier, au dessous de nous... ce n'est pas un chamois, il est tout noir.

LIÉTARD.

C'est peut-être un ours!

JOANNES, *voulant prendre sa carabine.*

Si je lui faisais son affaire?

CHAMPFLEURY, *de loin, l'arrêtant du geste.*

Vous avez donc la caboche détraquée? (*Bruit.*) Quand les glaciers de là-haut craquent qu'on en sent remuer la montagne, vous allez, avec vos coups de feu, détacher quelque vorace d'avalanche qui viendra jusqu'ici nous avaler tous et p't-être bien un village ou deux par-dessus l' marché.

CRI FAIBLE, *hors la scène.*

Au secours! au secours!

LIÉTARD.

Oh! bon saint Benoît!

CHAMPFLEURY, *regardant.*

Vous alliez faire une belle besogne avec votre carabine!

LIÉTARD.

C'est un pauvre petit enfant qui se traîne à quatre pattes.

LA VOIX.

Au secours! au secours!

CHAMPFLEURY, *qui descend dans le sentier, tendant son bâton ferré.*

Par ici, petit, par ici, tu tomberais dans la ruelle de ce côté-là; prends le bout de mon bâton.

LIÉTARD, *l'enlevant.*

Il peut à peine... ses mains sont gourdes.

LOUIS.

Oh! venez, monsieur, venez auprès de maman.

SCÈNE V.

CHAMPFLEURY, JOANNES, LE GUIDE, LOUIS, LIÉTARD.

JOANNES, *à Louis.*

Il faut qu'elle soit ensorcelée, ta mère, pour se hasarder seule, avec un polisson de ton âge, sur un vrai chemin de danseurs de corde.

CHAMPFLEURY.

Et c'est qu'elle y est assise les yeux fermés, et lorsqu'on s'endort dans ces montagnes, souvent on ne se réveille plus. Attends-moi!

LOUIS.

Je vas vous conduire.

CHAMPFLEURY, *descendant.*

Non, reste.

L'enfant court au bord du sentier.

LIÉTARD, *le retenant.*

Prenez donc garde, mon cher enfant, vous allez vous précipiter.

JOANNES.

Petit babouin! il m'a donné une souleur...

CHAMPFLEURY, *en dehors.*

Nous voilà! nous voilà!

Il paraît avec une femme presque inanimée; elle est voilée, se soutient après l'épaule du guide et paraît si faible qu'elle peut à peine faire un pas.

SCÈNE VI.

LES MÊMES, ALIX.

LOUIS, *à Champfleury, lui baisant les mains.*

Merci, merci, monsieur! (*Il l'aide à la porter.*) Ma bonne petite maman!

Elle fait un effort pour lui faire signe de la tête.

CHAMPFLEURY, *la posant et soulevant son voile.*

Grand Dieu!

LIÉTARD, *à lui-même.*

C'est elle!

JOANNES, *à part.*

Alix!

CHAMPFLEURY, *qui a vu le mouvement de Joannes.*

Ce coquin l'a reconnue.

LIÉTARD.

Comment, chère dame, une pareille impru-
dence... Grand Dieu! elle s'évanouit.

CHAMPFLEURY, *à l'oreille de Liétard.*

Prenez garde, maître, il y a là deux chiennes
d'oreilles de trop. (*A haute voix.*) Elle ne nous entend pas, donnons-lui de quoi la réchauffer.

Il prend la gourde de Liétard.

JOANNES, *qui examinait.*

Je me disais bien... cette voix, ce tour de figure... c'est Champfleury. (*A part.*) Ma fortune
est faite, cette fois. (*Il s'approche.*) Elle est dans
un bien piteux état, il me semble. Pendant que
vous lui prodiguez des soins, je monte à l'hospice
avec mon guide, et je vous le renverrai avec des
mules.

CHAMPFLEURY, *d'un air franc.*

C'est une bonne idée. (*A part.*) Le gredin machine quelque chose. C'est égal, nous serons quelques instants seuls, au moins.

JOANNES.

Allons, l'ami, en route! (*Aux autres.*) Nous
nous reverrons.

CHAMPFLEURY.

S'il plaît à Dieu... (*A part.*) J'espère bien ne
plus le revoir, au contraire.

LIÉTARD, *occupé d'Alix avec Louis.*

Elle se ranime.

JOANNES, *après avoir fait quelques pas en montant,
derrière un rocher autour duquel le chemin
tourne, disparaît derrière et reparaît de l'autre
côté avec son guide hors de la vue de Champfleury, à son guide.*

Arrête! si tu ramènes ici les dragons avant une
heure, vingt-cinq louis. En voilà douze d'avance.

LE GUIDE.

Ils reviendront.

JOANNES.

J'y serai avec un bon compagnon.

*Le guide descend. Joannes monte, tous les deux disparais-
sent.*

SCÈNE VII.

CHAMPFLEURY, LIÉTARD, ALIX, LOUIS.

ALIX, *à Louis, qui se rapproche d'elle.*

Ah! te voilà! viens, viens, mon Louis. (*Elle regarde Champfleury.*) Sans vous je ne sais pas ce
que nous serions devenus. Brave homme, je n'ai
que des remerciemens à vous offrir.

Elle lui tend la main.

LIÉTARD.

Plus tard nous reparlerons de cela; il n'en est
pas à son premier service avec nous; mais ce n'est
pas l'heure des émotions.

CHAMPFLEURY.

C'est celle du départ; je ne vous cacherai pas

qu'il est nécessaire, puisque la faveur du ciel vous
a réunis.

LOUIS, *prenant sa mère.*

Allons, lève-toi.

ALIX.

Je ne saurais.

CHAMPFLEURY.

Encore un coup de cette liqueur bienfaisante.

ALIX, *après un nouvel effort.*

Oh! non, je ne saurais vous suivre.

LOUIS.

Nous te porterons.

CHAMPFLEURY.

Je ne répondrais de personne sur les rampes
étroites et glissantes que nous aurons à parcourir;
restons plutôt... malgré tout... les forces vont revenir.

ALIX, *à Liétard.*

Les nouvelles que vous m'apportez doivent-elles
me les rendre?

Champfleury s'éloigne à cette question.

LIÉTARD, *le ramenant.*

Est-ce que CHAMPFLEURY peut être de trop avec
nous?

ALIX, *surprise.*

Lui!... Ah! dites-moi donc ce qu'ils ont fait
de votre ami, je le demande en vain depuis cinq
ans.

CHAMPFLEURY.

Madame, madame, de pareilles idées, où nous
sommes nous exposent tous, car nous ne vous
abandonnerons pas.

LIÉTARD.

Écoutez plutôt ce qui doit vous recommander de
vivre dans l'intérêt de cet enfant, que le vénérable
Fléchier a pris l'engagement d'instruire dans la
religion catholique. Il a fait plus, madame, il a
promis à Louis XIV, et vous ne ferez pas mentir le
digne homme, la conversion de sa mère.

ALIX.

Ah! cher enfant! quel sacrifice!

CHAMPFLEURY, *à lui-même.*

Ventre-saint-gris, Paris vaut bien une messe!

LIÉTARD.

Ce sacrifice vous rouvre les portes de la France
et vous rendra l'héritage de vos ancêtres, dont les
titres sont encore dans les papiers du bon orfèvre.

ALIX, *tenant Louis dans ses mains.*

Et son père, son pauvre père, qui pourrait seul
apporter la preuve écrite de la légitimité de nos
nœuds! Personne a-t-il pu savoir ce qu'il est devenu? ils l'ont assassiné!

CHAMPFLEURY.

Madame! Oh! non madame!

*Pendant la réponse de Champfleury, on voit les dragons
arriver et se diriger lentement, conduits par le guide,
vers l'endroit indiqué par Joannes.*

SCÈNE VIII.

LES MÊMES, LES DRAGONS, LE GUIDE, PIERRE.

Un cri éloigné se fait entendre.

CHAMPFLEURY, *prêtant l'oreille.*

Qu'est-ce que c'est que ça? (*Le même cri plus*

rapproché se répète.) C'est un ami... c'est Pierre!

PIERRE, *montant essoufflé par le sentier à droite qui lui a servi à descendre et se présentant au milieu d'eux.*

Gare la bombe!

Étonnement général.

CHAMPFLEURY.

Pierre! pourquoi?... Qu'y a-t-il donc?

PIERRE.

Il y a que les dragons sont à vos trousses.

CHAMPFLEURY.

Bah!

LIÉTARD.

A quel sujet?

ALIX.

Que veulent-ils donc?

PIERRE.

L'escouade, cherchant un abri contre le mauvais temps, qui ne vous occupe guère, était venue se réfugier à l'auberge, où je commençais à boire un coup, lorsque le guide de ce vieil escogriffe que nous avons rencontré, le Bohème...

CHAMPFLEURY.

Joannes?

PIERRE.

Oui, est venu tout effaré leur dire qu'on avait besoin de leur ministère.

CHAMPFLEURY.

Ça n' peut pas nous r'garder.

PIERRE.

On sait c' que c'est que... besoin... le mot me fait dresser l'oreille... y s'étaient mis à se concerter entre eux, sur le pas de la porte... je m' suis glissé derrière.

LIÉTARD.

Et?...

PIERRE.

Et j'ai rien entendu.

CHAMPFLEURY.

Alors!

PIERRE.

Alors, j'ai dit aux amis buvez toujours et gardez-moi-z'en... j'ai une idée... et je me suis cramponné sur le versant du précipice qui longe le ruban d' queue de sentier que j'ai vu enfiler à mes dragons... je n' m'étais pas trompé... à dix toises d'ici... j'aperçois... en l'air au-d'sus... par là... la tête d'un maudit, le vieux Bohème...

CHAMPFLEURY.

Ah! le gredin!

PIERRE.

Il f'sait des signes à un autre individu que je n' voyais pas... il avait l'air de dire avec le doigt : Ils sont toujours là et là... qu'il montrait, c'est ici. Pour y être avant eux j'ai pris un diable de tour qui n'm'a pas arrangé les mains ni les genoux. (*On voit en effet ses doigts sanglants et ses genoux à découvert et meurtris à travers ses vêtements en lambeaux.*) Te v'là prévenu et me v'là en ligne, si tu as besoin de c' qui me reste de force... pour le courage y ne bronche pas.

CHAMPFLEURY.

Je le sais bien. (*A demi-voix.*) Et devant nous deux seulement, tu verrais leurs dragons descen-

dre sus l' nez, comme des capucins de cartes. (*Montrant la femme, le vieillard et l'enfant.*) Mais l' moyen d'abandonner tout ça!... faut rester, mon garçon, v'là tout... J' sais d'où le vent souffle; suffit, on tachera de se garer; retourne d'où tu viens ; dans une heure nous serons tous à trinquer au bonheur d'être réunis, ou tu pourras faire un signe de croix à mon intention.

PIERRE.

Tu n'as pas besoin d'autre chose?

CHAMPFLEURY.

La Providence f'ra l' reste.

PIERRE.

Allons...(*il descend et ne quitte la main de Champfleury qu'au bout du sentier.*) elle est grande, la Providence. Adieu.

LIÉTARD, *bas.*

Qu'allons-nous devenir?

CHAMPFLEURY, *désignant la masure.*

Mettez-vous dans cette masure : quand je vous saurai à l'abri, je s'rai plus tranquille. Alors je me charge de dépister l'ennemi et de vous ramener les secours nécessaires. Cet enfant qui tombe de fatigue s'endormira sur les genoux de sa mère, (*il détache son manteau*) et vous les envelopperez de ma couverture et de la vôtre. Ils n'auront pas froid comme ça.

ALIX.

Et vous?

CHAMPFLEURY.

Les hommes! faites donc pas attention.

~~~~~~

SCÈNE IX.

CHAMPFLEURY, JOANNES, MAUFILATRE, DRA-GONS.

JOANNES, *paraissant le premier sur le pont.*

C'est par ici, monseigneur.

MAUFILATRE, *encore en arrière.*

Par ici! par ici! allez-vous-en au diable avec votre coquin de Saint-Bernard, où chaque pas est un casse-cou de damné.

Il pose la main gauche sur le garde-fou du pont et l'autre sur ses yeux. Champfleury pendant leur arrivée a fait entrer Alix, Louis et Liétard, dans la cabane et est entré avec eux.

JOANNES, *à Maufilâtre, toujours immobile.*

Que faites-vous donc là, monseigneur?

MAUFILATRE.

Je fais que la tête me tourne, pardieu! Tu crois peut-être que je suis né sur le coq d'un clocher?

JOANNES.

Il est sûr qu'il faudrait être de la race des chats de gouttières pour tenir sans broncher sur ces glissades sans rebords.

MAUFILATRE, *secouant la tête.*

Là... c'est passé! je n'y mets pas d'amour-propre, moi... j'avais besoin de reprendre l'équilibre. (*Il se remet en marche.*) Arriverons-nous bientôt?

JOANNES.

Nous sommes arrivés.

Il descend du pont derrière les rochers avec Maufilâtre et les dragons.

CHAMPFLEURY, *à l'aspect du vieux Bohémien, qui débouche le premier.*

Ah! ah! les voilà!... bon, le loup va gagner sa tannière... Ils passent derrière le rocher, le chemin ordinaire; prenez bien la route : moi je connais un petit sentier qui fera joliment mon affaire!

JOANNÈS, *débouchant par la descente.*

Par ici, colonel. Diable de neige qui m'a fondu dans les yeux.

MAUFILATRE, *arrêté derrière le rocher.*

Ah! tiens, Joannès, voilà nos dragons, ils arrivent à point. (*Il continue à descendre.*) C'est donc sur ce plateau que se trouve le drôle que je jugeais digne de récompense à Grenoble? Je la lui garde bonne!

JOANNÈS, *levant la tête, aperçoit Champfleury au milieu du pont.*

Et tenez, regardez, le voilà sur le pont que nous avons quitté tout-à-l'heure.

MAUFILATRE.

Par où diable s'est faufilé ce coquin? Champfleury du démon, veux-tu t'arrêter? (*Champfleury le regarde et continue sa route.*) Non! En avant, dragons! il me faut cet homme mort ou vif. (*Les dragons gravissent le rocher. Maufilatre continue à Joannès.*) Vif me conviendrait mieux : j'ai des renseignemens à en obtenir.

CHAMPFLEURY, *arrivé au bout opposé du pont et prenant sa hache.*

Ne vous donnez pas tant de mal, mes braves, (*il frappe à coups redoublés*) ce serait inutile.

MAUFILATRE.

Plaisanterie de contrebandier; allez toujours.

CHAMPFLEURY, *se relevant.*

Malheur à qui s'y fiera, j'ai coupé les supports, on ne passera plus.

MAUFILATRE, *aux dragons.*

Eh bien! vos balles passeront; logez-les dans sa peau.

CHAMPFLEURY, *fortement.*

Monseigneur, je vous préviens que la moindre commotion peut détacher un des blocs de là-haut sur vous.

MAUFILATRE.

Ah! tu veux me faire peur! Dragons, en joue!

JOANNÈS, *sur le chemin entre les dragons et son maître.*

Dragons, n'en faites rien. (*Il tombe à genoux.*) Monseigneur, je vous en prie à mains jointes.

MAUFILATRE.

Poltron!

CHAMPFLEURY, *en dehors du pont.*

Je vous ai prévenu, monseigneur, tant pis pour vous.

MAUFILATRE, *aux dragons.*

Feu, vous autres!

Un craquement se fait entendre avec le roulement du tonnerre. A peine Maufilatre a parlé, et les dragons ont exécuté son ordre, que le bloc du rocher qui supportait les dragons s'ébranle, une partie s'affaisse et croule dans le précipice, où on les voit s'engloutir. Un autre bloc roule par le sentier sur lequel Joannès est tremblant à genoux,

et l'écrase devant Maufilatre. Un autre bloc encore tombe sur la masure, la met en débris et va se perdre aussi dans le gouffre. Alix, Louis et Liétard restent ensevelis sous la toiture enfoncée, et le pont, détaché d'un de ses appuis, reste suspendu dans le vide.

MAUFILATRE, *stupéfait, pâle et les cheveux hérissés devant le bloc sous lequel Joannès est écrasé.*

Joannès avait raison... le pauvre diable... (*il avance la tête et regarde en bas*) tous ensevelis! Je dois un beau cierge à saint Philippe mon patron.

ALIX, *sous les débris de la masure.*

Mon Dieu! mon Dieu, pitié! sauvez mon enfant! mon pauvre enfant!

MAUFILATRE.

C'est une voix humaine, un être encore vivant, épargné comme moi...je dois bien à Dieu, qui m'a conservé, de l'aider à sortir d'ici. (*Il s'avance vers la masure.*) Une femme! un enfant sous les décombres!...pauvres créatures! (*Il aide Alix, qui tient Louis dans ses bras, à se soulever, et l'amène sur un sol plus solide.*) Allons, allons... ce n'est pas le moment du désespoir... ma bonne femme; un peu de courage.., en attendant les bons pères du Saint-Bernard... me voilà.

ALIX, *affaissée au milieu du plateau sur son enfant, et sans regarder qui lui parle, mais avec terreur et désignant l'emplacement de la masure.*

Là... encore un homme, sauvez-le!

MAUFILATRE, *s'avance dans les décombres, cherche, regarde et s'écrie.*

Mort!

ALIX, *traînant avec elle son enfant vers un quartier de roche.*

Pauvre Liétard!

MAUFILATRE, *encore auprès de la masure.*

Liétard! (*Il examine cette femme et d'une voix étouffée.*) Alix! (*Il s'avance vers elle.*) En tous les lieux possibles elle serait la bien venue. Mais si je m'attendais à quelque chose...!

SCÈNE X.

MAUFILATRE, ALIX, LOUIS.

ALIX.

Vierge sainte, mes maux n'étaient point à leur comble!

MAUFILATRE.

Ne voyez en moi qu'un gentilhomme, un parent qui vous apporte le gage de cette miséricorde que vous implorez; en présence de ce bouleversement de la nature, les haines s'évanouissent comme les passions qui les ont soulevées; c'est une circonstance bien inattendue... inopinée.., divine, je dois dire, qui nous pousse au-devant l'un de l'autre, au milieu des périls semés par l'ouragan, pour vous offrir mon secours.

ALIX.

Vous! me secourir! vous qui m'avez privée lâchement de tout soutien, de tout appui! Rendez-moi donc au moins celui que je pleure depuis cinq ans, rendez-moi le père de mon enfant!

MAUFILATRE.

Que dites-vous?... le père...

ALIX.

Vous l'avez arraché traîtreusement du pied des autels pour l'égorger sans doute.

MAUFILATRE.

Par les cendres de ma mère, je n'ai pas fait tomber un cheveu de sa tête : trop peu soucieux, peut-être de la sainteté de l'église, j'ai fait enlever la nuit du sanctuaire l'imagier Margerin; mais le faire assassiner ! je ne croyais pas avoir besoin de sa mort, je ne voulais que le voir s'éloigner devant mon amour.

ALIX.

Eh bien! malgré tant de souffrances et de larmes, je sens que je pardonnerais si vous me disiez en quels lieux il existe, en quels lieux je pourrais le rejoindre.

MAUFILATRE.

Il est trop tard !

ALIX.

Trop tard !

MAUFILATRE.

Après trois années d'esclavage sur la côte africaine, il est venu s'abîmer en vue de la Provence avec le navire qui le portait.

ALIX.

Mort! mort! sans m'avoir revue! sans avoir embrassé son fils. (Vers Louis.) Pauvre orphelin, il ne nous reste plus qu'à le suivre.

MAUFILATRE.

Il vous reste à conserver à cet enfant une existence brillante et honorée: vous voyez bien que le trépas ne veut pas de nous, il n'arrive qu'à son heure et la nôtre n'est pas venue. Depuis que Fléchier a obtenu pour vous la protection de Louis XIV, l'héritage du duché de Cressac, que je croyais tenir, m'échappe.

ALIX.

Ah! c'est une justice du ciel.

MAUFILATRE.

Justice ou malheur; il m'échappe, je le répète, mais sans profit pour vous: à défaut des titres constatant votre mariage et vos droits, eh bien! rang, patrie, tranquillité, héritage, les voulez-vous encore? je vous les donne, moi, si vous vous décidez à me donner votre main.

ALIX.

Moi, lier ma vie par les nœuds les plus sacrés à l'homme affreux...! Vous savez bien que vous m'avez fait là une proposition aussi odieuse que votre présence.

MAUFILATRE.

Elle voit où nous sommes, elle me connaît, et elle ose me traiter avec ce mépris, l'insensée!... Mais tu ne songes donc pas que, ton fils et toi, je vous tiens en mon pouvoir, que, vous morts tous les deux, je deviens héritier légitime, si je peux présenter ces titres qui te sont enlevés!

ALIX.

Il en serait capable! ô mon Dieu!

MAUFILATRE, avec force, mais à demi-voix.

Et les titres sont dans mes mains.

ALIX.

Tu veux avec cette imposture me faire tomber dans un piège.

MAUFILATRE, de même.

Je les possède depuis cinq ans.

ALIX.

C'est donc la trahison qui les a vendus!

MAUFILATRE.

Que t'importe? je les tiens, pour nous deux ou à moi seul. Réfléchis : je recule devant le meurtre d'un enfant sans défense, d'une femme qui trouble encore mon sang-froid et ma raison; mais devant mes intérêts blessés, anéantis, tout céderait, je le jure.

ALIX.

Oh! ce serait trop infâme!

MAUFILATRE.

Dans la voie de l'ambition on ne recule pas, on ose tout! Qui viendra me demander compte de deux existences sans intérêt pour personne? qui doutera d'ailleurs que vous n'ayez perdu la vie au milieu de cette scène de désolation qui nous entoure, lorsque je l'affirmerai moi-même, et que, vos titres à la main, j'irai, vêtu de deuil, me jeter aux pieds de Louis et lui demander l'investiture d'un duché si glorieusement conquis par nos ancêtres?

ALIX, à part.

Lui! oh! non, non, ce serait effroyable! (Avec stupeur et assez haut pour être entendue.) Et ces papiers sont en ses mains!

MAUFILATRE.

Là, sur ma poitrine; depuis cinq ans je ne les quitte point, même pendant mon sommeil. (Il les prend sous son pourpoint.) Ces parchemins héréditaires, les voilà.

ALIX, à elle-même.

O mon père! mon père! votre nom si pur, votre honneur intact, votre glorieuse mémoire...!

MAUFILATRE.

Les voilà !

ALIX.

Sacrifiés à cet homme!

MAUFILATRE.

Votre main en échange, Alix, et plus d'orphelin. (Se désignant du doigt la poitrine.) Un duc de Cressac (montrant Louis) et son futur héritier, son héritier légitime, unique, entendez-vous, unique!... et la cour, et des fêtes, une vie splendide, un nom vénéré, les hommages de tous... vous n'avez qu'un mot à dire, qu'un geste à faire, et je ramène en France, entourés de tous les honneurs qui leur sont dus, la duchesse de Cressac, mon épouse, et mon enfant d'adoption.

ALIX, les yeux attachés sur le portefeuille entr'ouvert.

Jamais de tache à votre nom, jamais la souillure qu'y infligerait le contact de ce misérable.

MAUFILATRE.

Eh bien! Alix!

ALIX, exaltée.

Jamais, jamais! Je déshérite mon enfant, mais je te déshérite aussi.

MAUFILATRE.

Que dit-elle?

L'enfant, effrayé à ce cri, court vers sa mère.

ALIX.

Je sauve la honte à ma famille.

MAUFILATRE.

Malheureuse!

ALIX.

J'engloutis tes audacieuses espérances.

Elle jette le portefeuille dans le gouffre.

MAUFILATRE.

Enfer! enfer! (Il se précipite pour les retenir; trouve sous ses pas l'enfant, qu'il repousse et qui roule dans l'abîme.) Qu'il aille donc les rejoindre!

ALIX.

Horreur!

Elle veut s'élancer et tombe évanouie.

MAUFILATRE, dans la dernière fureur et la soulevant.

Et toi-même avec lui!

SCENE XI.

LES MÊMES, MATHIAS, LION,

On entend un bruit de sonnettes.

MATHIAS, débouchant du sentier d'en-bas.

Une femme en danger! à moi, Lion!

Lion, un panier à la gueule, accourt, dépose son fardeau aux pieds du père et tourne autour d'Alix comme pour la rappeler à la vie. Maufilatre, immobile à l'aspect du père, n'a point accompli son projet.

MAUFILATRE, absorbé dans son idée.

Comment décider des hommes à descendre là? J'irai plutôt moi-même, je m'y ferai descendre, moi...

ACTE QUATRIÈME.

Le théâtre représente l'entre-deux d'un précipice aussi éloigné de son ouverture que du fond; espèce de vaste entonnoir composé de roches déchirées et noires, dont les ressauts, bizarrement taillés par la nature, présentent d'étroites plates-formes, de sombres excavations, et des pierres lissées par l'eau qui les use incessamment et qui se perd dans un gouffre si profond qu'on n'en entend pas la chute. Des mousses, des lichens, quelques branches d'arbre à moitié pourries, soutiens trompeurs, jetés çà et là à travers les crevasses béantes et fangeuses des rochers. Au lever du rideau, à mesure que la toile monte, on entrevoit au fond, par une large échappée, les eaux du torrent et quelques aiguilles de glaciers. A gauche du spectateur, un tronc mousseux, entièrement dépourvu de feuilles, s'étend au-dessus d'une roche plate, l'un des rares points d'arrêt de ce désolé séjour; à l'une des branches nues du tronc, s'agite l'enfant d'Alix, arrêté dans sa chute par ses vêtements.

SCÈNE PREMIÈRE.

LOUIS, seul.

Maman!... (Il fait des mouvements, étend ses petites mains et s'écrie:) Chère maman, réponds-moi. (Il appelle avec supplication.) Bonne mère, est-ce que tu n'entends pas ton petit Louis? (Il fait un mouvement plus vif.) Maman! (La partie du vêtement par laquelle il est suspendu se déchire, et l'enfant vient tomber sur la plate-forme au-dessous.) Oh! mon Dieu, mon Dieu, je tombe... (Il tâte autour de lui des pieds et des mains.) Maman! (Des flocons de neige viennent tomber jusqu'à lui.) Il pleut sur moi. (On entend comme le bruit des pierres qui roulent de degrés en degrés.) Oh! mon Dieu, que j'ai peur! Maman! (il crie de toute sa force) maman! maman! oh! j'ai bien peur, j'ai bien froid.

Sa voix enrouée se perd dans un sanglot et il reste immobile. On n'entend plus que le bruit momentané des pierres et des débris qui de temps à autre viennent d'en haut se détacher des parois du gouffre. Enfin commence à se faire entendre un mélange confus de voix lointaines qui partent d'un point plus élevé. Bientôt on reconnaît les sons distincts d'une voix plus rapprochée, et l'œil peut voir les objets prendre une teinte rougeâtre et se colorer insensiblement d'une lumière tremblotante qui se reflète sur les saillies du rocher.

LA VOIX.

Arrêtez, arrêtez un moment; le voyage est affreux: les fragments, les débris du sol qui

s'éboulent me tueront avant que j'arrive. (On voit le bout ferré d'un long bâton de guide qui vient se ficher dans un des interstices du roc, et la lumière d'en haut jette un éclat plus vif.) Et comment arriver? mes forces n'y suffiront pas; ce précipice est sans fond.

A la lueur éclatante d'une torche enflammée, qu'un bras semble porter en avant, on distingue bientôt l'homme qui la porte, soutenu par des cordes et se guidant avec le bâton ferré.

SCÈNE II.

LOUIS, étendu sur la plate-forme, MAUFILATRE.

MAUFILATRE.

Dieu me damne de n'avoir pas écouté les guides, d'avoir voulu descendre moi-même, pour ressaisir ce misérable portefeuille, qui deviendra ma perte! (Un quartier de glace l'interrompt en tombant; il bondit près de sa tête et se perd dans le torrent.) J'ai senti dans mes cheveux, sur mon visage, le souffle glacé de la mort. (D'une voix lamentable.) Guides, à moi! remontez les cordes; je n'aurai pas la force de lutter contre les obstacles toujours plus horribles... Guides!... Ils ne m'entendent pas, les oscillations de la corde ne se font plus sentir là haut, et les éclats de ma voix se perdent et s'éteignent dans le vide qui m'environne; et c'est moi qui volontairement suis venu m'ensevelir avec ma victime; mais elle ne souffre plus, elle doit être en lambeaux! j'ai peur de la voir. (Il appelle encore.) Guides, mes forces s'épuisent, je ne pourrai pas remonter, et j'ai peur de descendre... je n'irai pas plus loin, je veux rester ici, je vais reprendre haleine sur la pointe de cette roche. Ils finiront par rappeler la corde, j'aurai plus de courage alors. (Il cherche à s'appuyer sur son bâton ferré, qui se brise. Privé de soutien, il va se heurter contre une des parois du précipice, et sa main défaillante laisse échapper la torche. Poussée par le hasard, elle vient se ficher entre deux roches comme un flambeau funèbre. Dans l'effort que Maufilatre a fait pour la retenir, les cordes qui le retiennent se sont brisées par l'effet de la secousse, et suivent en cercles nombreux son corps sanglant et meurtri. D'abord étourdi, se soulevant après quelques minutes de stupeur.) Où suis-je? si je suis encore, ai-je roulé jusqu'au centre de la terre? ou si le séjour des damnés s'est ouvert pour me recevoir? tout ce que j'entrevois est étrange, est informe et couleur de sang; tout ce que j'éprouve est souffrance; je sens encore que j'existe à mes membres endoloris, si c'est l'existence qu'un pareil supplice. (Il regarde autour de lui.) Est-ce que ce serait mon sort d'expirer lentement par la faim, le froid et le désespoir? Oh! mourir seul, sans secours, ignoré, en face de son néant, dans la fange comme un animal immonde, c'est hideux à penser. (Joignant les mains.) Oh! vous ne me laisserez pas finir ainsi, mon Dieu! (Il se met sur son séant.) Suis-je trop loin de vous pour que vous entendiez ma prière? Mais, pour vous, le temps, la distance, ne sont rien. Je me confesse à vous, mon divin maître. (Il se lève sur ses genoux.) Je suis un criminel, un menteur, un lâche; je m'accuse d'avoir exécuté d'injustes sentences contre les protestans, et avec une joie féroce; voleur infâme, j'ai tué ensuite un pauvre orfèvre, pour cacher ma turpitude! spoliateur effréné, j'ai arraché des bras d'une pauvre mère, j'ai précipité sous ses yeux dans le gouffre une frêle créature qu'elle avait nourri et de son lait.

LOUIS, *d'une voix faible.*

Maman! maman!

MAUFILATRE, *prêtant l'oreille.*

Est-ce une illusion?... cette voix éteinte!... c'est impossible... cette voix est dans ma tête, je suis pris de vertige... O mon Dieu! Seigneur, mon Dieu! prenez pitié de moi, je me repens; laissez-moi le temps de vous prouver mon repentir; et, je le jure par votre saint nom, dès que j'aurai revu la lumière du ciel, je déchausserai mes éperons de chevalier, je me ferai raser la tête, j'irai vivre au fond d'un cloître, dans une austère pénitence. N'est-ce point assez pour vous apaiser? faudra-t-il se couvrir d'un cilice, déchirer mes flancs avec les pointes d'une discipline pieds nus, à genoux, le front sur les dalles, faudra-t-il faire un aveu public de mes crimes, m'étendre et mourir sur la cendre, pour l'exemple et l'édification des fidèles?

je le ferai, mon Dieu, je le ferai. (Il se frappe la poitrine, les yeux levés vers le ciel. Tout-à-coup il porte la main à son front comme éclairé d'un souvenir subit.) Le cri d'une pauvre femme qui se tordait dans mes bras pour échapper au déshonneur me revient en mémoire aujourd'hui : « Rien ne peut te fléchir, homme impitoyable, me disait-elle; un jour aussi tu trouveras Dieu sans pitié pour toi. » Dieu sans pitié! mais elle était folle cette femme; n'est-il pas vrai qu'elle était folle, mon souverain Maître? La pitié, c'est ton essence, c'est le dernier espoir du criminel repentant; je l'implore!... Force l'impie à croire à ta miséricorde; un miracle, un miracle en ma faveur. (Il heurte le portefeuille.) Ah! (Avec rage, en l'élevant au-dessus de sa tête.) Voilà donc la preuve de ta miséricorde! des titres vains! dérision amère, raillerie infernale!... il me rend des titres, quand la terre, les hommes, la vie m'échappent... au malheureux enterré vivant, des titres!... ah! c'est trop, Dieu sévère; venge le monde, venge-toi, mais ne me torture pas davantage. A quoi bon me laisser là, dans cette boue? la foudre est en tes mains, voilà ma tête, frappe. (Après un moment d'énergie.) Rien! (il porte la main à son côté) pas même mon épée pour en finir... rien que la preuve de mon impuissance... (Musique.) Eh bien! non, non, je n'attendrai pas la mort, j'irai au-devant d'elle.

Il va jusqu'au bord du gouffre.

LOUIS, *se soulevant.*

Maman! maman!

MAUFILATRE, *s'arrêtant stupéfait.*

Ce n'est point une illusion cette fois.

LOUIS.

Oh! j'ai bien froid.

MAUFILATRE.

C'est l'enfant... oui, je le vois, il respire, il vit, il appelle sa mère; il n'est pas brisé... une main puissante l'a soutenu dans sa chute, et je blasphémais!... Achève ton ouvrage, le retour pour cet enfant, une route jusqu'à lui... Permettre au bourreau de sauver sa victime, voilà qui est grand, qui est digne de ta céleste bonté; je serai son guide, je le ramènerai au jour; ces titres retrouvés par tes décrets éternels, je les lui rendrai...oui, mon Dieu, je les lui rendrai en le reportant dans les bras de sa mère. (Aboiemens.) Et je demandais un miracle! (Lion aboie, paraît et franchit un rocher.) Quand je t'ai renié, mon Dieu, j'étais abruti de colère, fou de désespoir... Ah! ta miséricorde est sans mesure; je crois, mon Dieu, je crois... (Lion franchit d'un bond un espace pour se rapprocher, et disparaît dans le gouffre. Maufilatre le suivant de yeux avec anxiété.) Pourvu qu'il puisse revenir, arriver jusqu'à lui, jusqu'à moi... (Lion reparaît auprès de l'enfant.) Le voilà! mais l'abîme nous sépare... A moi, Fidèle, à moi! (Lion voit un homme qui l'appelle, qui lui tend les bras, et d'un bond de gauche à droite il s'élance à ses côtés.) Il a entendu! Viens, oh! viens, noble animal, brave compagnon, véritable ami de l'homme... viens, viens; oui, je me traînerai, tu me soutiendras, pas vrai? (*Il le presse, l'embrasse.*) Tu me rendras la terre, le monde, la vie!... Allons, mon beau libérateur, allons, mon guide, allons... (*Il a peine à se soulever pour obéir au chien, qui l'entraîne.*) J'en viendrai à bout, avec ton aide; quand je devrais laisser des lambeaux de mon corps sur la route, je sortirai d'ici... où tu passeras, je passerai, où je resterai, tu resteras. (*Il l'entoure de ses deux bras, et rampe suspendu à son cou.*) Je ne te quitte plus...

(*le chien redouble de zèle*) sauve-moi... la Camarde est vaincue; j'ai vu de bien près sa laide figure, elle s'est évanouie devant toi; ce n'est pas encore pour cette fois. (*Lorsque l'homme et le chien sont près de s'engager dans un étroit sentier qui monte à pic à droite, Louis, qui s'agite faiblement, ouvre les yeux, lève ses petits bras, et s'écrie comme un enfant qui se réveille.*) Maman, j'ai faim.

ACTE CINQUIÈME.

Le théâtre représente le site du Saint-Bernard à l'élévation de l'hospice. A gauche au premier plan, le bâtiment nouveau. Au troisième plan, un peu élevé, le charnier où l'on dépose les malheureux trouvés dans les neiges. Vers le second plan à droite, les ruines de l'ancien hospice. Au fond toute l'étendue de la vallée.

SCÈNE PREMIÈRE.

LE SUPÉRIEUR, MATHIAS, MOINES.

Le jour commence à poindre; on entend les accords religieux de l'orgue et la voix des moines qui achèvent le *requiem* de Mozart. Lorsque les chants ont cessé, on voit les moines revenir deux à deux du dehors et frère Mathias sortir de l'hospice pour se trouver à leur rencontre.

MATHIAS.

Pendant que vous rendiez les derniers devoirs aux victimes de l'ouragan retrouvées mortes sous les neiges, je viens de visiter, mon père, les vivans qui ont été recueillis dans l'hospice : les plus maltraités sont à l'infirmerie; ceux qui n'avaient besoin que de réparer leurs forces vous attendent au réfectoire.

LE SUPÉRIEUR.

D'où vient que frère Louis, notre jeune novice, n'était point avec vous?

MATHIAS.

Vous savez que c'est la première fois depuis que nous l'avons recueilli parmi nos frères qu'il a recouvré assez de forces pour s'acheminer du côté de la montagne qui regarde la France avec le guide qui nous est arrivé cette nuit par le passage dangereux qui conduit à Martigny.

Un violent coup de cloche retentit du dehors.

LE SUPÉRIEUR.

Ah! j'entends la cloche d'annonce!

MATHIAS, *qui a été regarder.*

Ce sont deux de nos retardataires qui reviennent avec un frère.

Deux chiens, avec chacun une lanterne allumée au cou, entrent en scène.

LE SUPÉRIEUR.

Tous les autres chiens sont rentrés?

MATHIAS.

Excepté Lion, notre vigoureux et intrépide Lion!...

LE SUPÉRIEUR, *à deux moines.*

Il faut aller à sa rencontre. (*A un autre.*) Et donner à déjeuner à ceux-ci.

Deux moines sortent, un troisième fait rentrer les deux chiens.

SCÈNE II.

LES MÊMES, hors les trois Frères.

LE SUPÉRIEUR.

Et la malheureuse femme que vous avez ramenée avec frère Philippe a-t-elle enfin repris connaissance?

MATHIAS.

Chaque fois qu'on a tenté de la faire mettre au lit, elle s'est précipitée en criant : Je veux mon fils, rendez-moi mon fils!

LE SUPÉRIEUR.

Qu'on se contente de la surveiller, sans contrarier sa douleur... Et le colonel de Maufllâtre n'a point reparu?

MATHIAS.

Ni lui, ni les deux guides qu'il a rejoints dans la montagne après avoir laissé dans nos mains cette dame privée de sentiment. Et c'est lorsque nous sommes arrivés à l'hospice avec elle que Lion, qui nous escortait, a disparu.

LE SUPÉRIEUR.

Pourvu qu'il n'ait pas été la victime de quelque nouvel acte de dévouement! Ce serait un deuil pour l'hospice!

Un nouveau coup de cloche s'est fait entendre, les moines regardent. Lion franchit d'un bond l'espace qui le sépare du supérieur.

LES MOINES.

Le voilà! le voilà!

Chacun des pères le caresse; il dépose à leurs pieds une gourde vide.

MATHIAS.

Il n'y a plus rien dans sa gourde. (*Lion entre précipitamment dans l'hospice.*) Il est joyeux; le voilà qui court au réfectoire.

LE SUPÉRIEUR.

Il aura gagné de l'appétit à sauver quelque voyageur. (*A tous les moines.*) Nous, mes frères, avant de rentrer au couvent, allons faire notre tournée habituelle dans les environs.

Tous les moines prennent leur grand bâton ferré et sortent de différens côtés.

SCÈNE III.

ALIX, *seule, à la porte; elle les regarde s'éloi-*
gner et descend les marches du perron; lorsqu'ils
ont disparu, elle vient s'asseoir sur le banc de
pierre en bas du perron de l'hospice.

Ah! j'ai trompé leur surveillance!.. Me voilà
libre enfin!... Ils ne songeront plus à me retenir.
Des soins, des consolations; mais je n'en veux pas...
je veux mon enfant; c'est mon existence!... Ce n'est
pas du corps que je souffre... Ma vie, elle était dans
mon enfant... elle est au fond du gouffre. Mais
comment est-il tombé?...d'où vient que je n'y suis
point descendue!... Il faut que je sois devenue
folle ou qu'on m'ait emportée; je ne me sou-
viens de rien que d'une chute horrible qui m'a
fait froid comme la lame d'un poignard, et puis
j'ai cru mourir, et c'était un long sommeil... Dor-
mir après cela! mais d'un sommeil envoyé de
l'enfer... qu'une voix enfantine et souffrante venait tourmenter sans l'interrompre; j'entendais
des sanglots, sans pouvoir y répondre; je voyais
de petits bras étendus vers moi... et les miens ne
pouvaient se détacher de mon corps engourdi:
c'était l'agonie de l'innocente créature... et la
mienne... la mienne dure encore!... mais elle va
finir.

Elle se lève du banc où elle s'était assise et cherche à mar-
cher; la force lui manque, et, après avoir traversé la
neige, elle est obligée de chercher un appui pour se sou-
tenir.

SCÈNE IV.

ALIX, MARGERIN *en habit de novice,* CHAMP-
FLEURY.

CHAMPFLEURY.

Garçon ingrat! des murmures contre la Providence! N'est-ce donc rien, après cinq années, que
d'avoir retrouvé d'abord son vieux camarade d'enfance?

ALIX, *essayant de marcher.*

Oh! mon instinct me guidera.

MARGERIN, *à Champfleury.*

Dieu sait combien de fois, au milieu de mes tour-
mens, j'ai désiré de presser encore ta main amie.

ALIX, *retombant sur le rocher.*

Je veux que nous nous trouvions deux réunis
dans la mort, comme nous serons trois dans l'é-
ternité!

CHAMPFLEURY, *apercevant Alix au moment où il va*
rentrer à l'hospice avec Margerin.

Margerin!...

MARGERIN, *se retournant.*

C'est elle!

CHAMPFLEURY.

La voilà... échappée au désastre!

MARGERIN, *il veut courir à elle.*

Après tant de souffrances, la voilà!

CHAMPFLEURY, *le retenant.*

Chut!...

ALIX, *exalté et presque à genoux.*

Je veux, ô mon enfant chéri, que mon âme re-
joigne la tienne par la route que Dieu lui a ouverte. (*Elle retombe assise.*) Je l'aperçois, la
route... une trace lumineuse la sillonne. Dans le
ciel entr'ouvert je reconnais ton sourire d'ange...
attends-moi.

Elle se lève.

MARGERIN, *à Champfleury.*

Elle a peine à se soutenir.

ALIX, *toujours les yeux au ciel.*

Margerin!...

CHAMPFLEURY.

Elle pensait à toi, qu'elle croit mort.

Ils veulent l'aider à se soutenir.

ALIX, *apercevant l'habit des religieux du Saint-*
Bernard, s'écrie à mains jointes.

O mon père! ne me forcez pas à rentrer à
l'hospice!... Je me croyais plus de force; je sens
aujourd'hui que je ne peux aller plus loin... Je
me nomme Alix, je suis une pauvre femme!
éprouvée par toutes les douleurs... une pauvre
veuve, qui n'a jamais porté le nom de son époux!

MARGERIN.

Mais l'église a béni vos nœuds!

ALIX.

Oui, certainement; aussi j'espère dans la clé-
mence de Dieu; mais aujourd'hui que la vie m'a-
bandonne parce que je suis seule au monde...

MARGERIN.

Seule!

ALIX.

Un doute sur mon salut vient troubler ma conscience affaiblie.

MARGERIN.

Ah! parlez, parlez, que je le dissipe.

ALIX.

L'homme que j'avais choisi a été accusé d'un
meurtre, il a protesté de son innocence, j'ai eu
foi en ses paroles comme en son amour; mais,
faut-il vous l'avouer et cela m'effraie, quelque
chose au fond de moi me dit que, même coupable,
tout en détestant son crime, je n'aurais pu en haïr
l'auteur.

MARGERIN.

Et moi, je perdrais ce cœur d'or!...

ALIX.

Oui, je sens, tant est puissante encore ma pas-
sion pour cet homme, que, si Dieu, sans l'espérance de revoir Margerin, m'appelait dans son
saint paradis, j'aimerais mieux l'enfer avec Margerin.

MARGERIN, *emporté.*

Chère Alix!

ALIX.

Qu'ai-je entendu!

MARGERIN.

Margerin a toujours été digne de tant d'amour.

ALIX, *suspendue à son cou.*

Il existe, il existe!

MARGERIN.

La justice divine, qui nous réunit sur la terre,
ne nous séparera pas dans le ciel.

ALIX.

Ah ! je regrette en ce moment d'aller sitôt t'y attendre.

MARGERIN.

Tu ne mourras pas ! dis-moi que tu ne mourras pas.

ALIX.

Oh ! si tu avais été témoin de ce qui me tue, le même coup t'aurait frappé. Et n'avoir pu déposer notre enfant dans les bras de son père !

MARGERIN.

Que veux-tu dire ?...

ALIX.

Si près de toi ! tu n'as pas entendu une voix te dire : Il y a là tout près, en danger de mort, un enfant qui te doit la vie ! Tu l'aurais sauvé, notre Louis, ou tu l'aurais vengé.

MARGERIN.

Vengé ! grand Dieu ! quoi ! la mort...

ALIX.

Et quelle mort ! et quel monstre en est cause !

SCÈNE V.

LES MÊMES, PIERRE, UN GUIDE.

PIERRE, accourant, suivi du guide.

Une gourde, quelqu'un ! donnez-nous une gourde.

CHAMPFLEURY.

Qu'est-ce qu'il y a ?

PIERRE.

C'est pour une nouvelle victime qu'on a retrouvée.

ALIX.

Une victime retrouvée !

PIERRE.

Un prodige ! un vrai prodige !

CHAMPFLEURY, donnant une gourde au guide.

Tenez !

PIERRE, au guide.

Cours, Bertrand ! (Montrant le guide qui disparait.) Il dit que ça sera la première fois que le gouffre du Diable aura rendu ce qu'il a pris.

ALIX.

On aurait retiré de ce gouffre...

PIERRE.

Y paraît ! puisqu'on l'amène... Bertrand l'a vu de ses yeux entre deux pères du Saint-Bernard.

ALIX, avec exaltation.

C'est notre enfant, notre Louis !... (Tombant à genoux.) O mon Dieu, tu n'avais voulu qu'éprouver le cœur d'une mère... Conduisez-moi... (Elle ne peut se soutenir.) Ce que le désespoir n'a pu faire, la joie va l'achever.

CHAMPFLEURY.

Elle perd connaissance.

Margerin donne des soins à Alix. Lion, qui sort de l'hospice, est poursuivi par Mathias, qui lui crie :

MATHIAS.

Veux-tu bien revenir, Lion !... Il est encore tout haletant ; il n'a fait que boire et le voilà reparti. Rentre à la chambre ! (Le chien, revenu d'abord caresser Mathias, lui résiste lorsqu'il veut l'em-

mener, Mathias l'entraine de force.) Allons, sois obéissant, Lion ! à la niche ! Ah ! maintenant tu ne sortiras plus sans ma permission. (Il ferme la porte ; Lion pendant ce temps saute par la fenêtre, enfile un sentier et disparaît par la gauche à la stupéfaction du moine. Mathias le regardant s'éloigner.) Cet animal n'a pas d'arrêt !...

Le moine disparaît en avant de l'hospice.

SCÈNE VI.

ALIX, MARGERIN, UN GUIDE, DEUX MOINES, MATHIAS, PIERRE, MAUFILATRE, puis CHAMPFLEURY.

UN PÈRE, soutenant Maufilatre.

Reposons-nous encore.

MAUFILATRE.

Du rhum, père, du rhum toujours !

LE PÈRE, hésitant.

Mais ne craignez-vous pas...?

MAUFILATRE.

Parce que j'ai vidé la première gourde ?... c'est de la tisane d'homme de guerre ; nous le prenions le matin avec mes dragons, à même le baril, à la régalade. (Il boit.) Oh ! la tête, je vous la garantis, elle est saine. (Avec un accent de souffrance.) C'est le corps... je ne le sens plus, il semble qu'il soit resté en chemin lorsque vous m'avez ramassé.

Il boit encore.

MARGERIN.

Eh bien ! Alix !

ALIX, rouvrant les yeux.

Ils le ramènent mon fils ; n'est-ce pas, Margerin !... je vous aurai tous les deux sur mon cœur, si je dois mourir.

MARGERIN.

Tu vivras.

MAUFILATRE, se soulevant.

Entrons, je me sens plus fort.

ALIX, se soulevant de son côté.

Conduis-moi (Elle avance vers le groupe des pères. Alix et Maufilatre se trouvent face à face. Se rejetant en arrière, les yeux hagards, la poitrine oppressée, et désignant du doigt Maufilatre quelque temps avant de parler.) Ah ! Maufilatre ! tiens, c'est lui, lui, le meurtrier de notre enfant. Venge-nous.

MARGERIN.

Lui, toujours lui ! partout !

Il arrache le bâton des mains d'un guide et le lève sur la tête de Maufilatre, qui fait un effort pour se dresser et présente audacieusement le front.

MAUFILATRE.

Arrière, beau sire encapuchonné, la main qui se lève sur un gentilhomme tombe sous la hache.

CHAMPFLEURY se jette entre deux pendant que le guide a retenu le bras levé de Margerin.

Que vas-tu faire, ami ?

MARGERIN.

Laisse-moi.

CHAMPFLEURY.

N'enlève pas le criminel à la justice des hommes ;

c'est pour y satisfaire que la justice du ciel l'a-
mène ici.

MAUFILATRE, *avec dédain.*

La justice des hommes, je la connais; la justice
du ciel... je suis sorti du précipice; (*se tournant
vers Champfleury*) et si j'avais là des dragons
sous la main, mon drôle, ce serait une justice
plus réelle qui te ferait pendre, et à la minute.

MARGERIN.

Encore des menaces, quand il devrait frémir
sous l'horrible accusation d'une malheureuse
mère!

MAUFILATRE.

Demande-lui donc un peu qui de nous deux a
commencé la lutte.

ALIX.

Ah! que je vive mon Dieu! le temps d'aller aux
pieds du roi, il sera juge.

MAUFILATRE.

Quelqu'un de plus puissant que lui m'absoudra
bientôt, fous que vous êtes, et ne vous laissera
qu'un cadavre en cause; c'est le trépas: je le sens,
il arrive et me prendra debout, je l'espère, comme
il convient à tout brave gentilhomme.

ALIX.

O mon père, si tu pouvais revivre et l'entendre,
voudrais-tu t'honorer de ce titre de gentilhomme
qu'il ose se donner encore?

MAUFILATRE, *désignant Margerin.*

Qu'il m'accuse, lui, qu'il m'injurie, qu'il me tue,
je le comprends; son audace le relève à mes yeux,
nous étions rivaux, il t'aimait; il a fait son métier d'homme; mais toi, duchesse Alix, voyons,
ton devoir de femme l'as-tu fait, pour m'accuser
ainsi et dis-moi, la main sur la conscience, mes
crimes, si tu veux que cela s'appelle ainsi, mes
crimes ne sont-ils pas un peu les tiens?

MARGERIN.

Faites taire ce misérable, ou je ne réponds pas
de ma fureur.

MAUFILATRE.

Écoutez plutôt, écoutez, chacun sa part; il faut
savoir entendre pour condamner : sa destinée a
fait la mienne : deux créatures qui m'étaient in-
différentes, et que vos actions, Alix, ont jetées sur
mon chemin, vivraient encore si vous l'aviez voulu;
c'est l'orfèvre Thibaudier, c'est l'enfant de cet
homme que je croyais mort ainsi que vous, de cet
homme dont les regards semblent prêts à me dé-
vorer. La mort fera bien cet office sans vous,
Margerin; maintenant que vous voilà réunis, un
peu de pitié pour les autres au moins. Le pape
est à Rome pour donner des dispenses, et par
arrêt de Versailles le ventre peut anoblir : vivez,
vivez l'un pour l'autre; un nouvel héritier pourra

naître. (*Avec un rire sardonique.*) Mais l'héritage...
(*à Alix*) ce n'est pas moi qui l'ai détruit, duchesse.
Et voilà ma vengeance. Je vous laisse au cœur
une douleur éternelle et qui fait ma dernière
joie. Les titres sont au fond du gouffre avec l'héritier des titres

*Il tombe mourant sur un rocher à gauche du spectateur en
face de l'hospice.*

CRIS DU DEHORS.

Miracle! miracle!

*On voit des frères accourir de différens côtés; ceux qui
sont en scène se portent vers le fond du côté des cris.*

SCENE VII.

MAUFILATRE, *étendu sur le rocher à gauche;*
ALIX, *à droite, sur le banc en avant de l'hospice;*
MARGERIN *et* CHAMPFLEURY *auprès d'Alix,*
MATHIAS, LE SUPÉRIEUR, LES MOINES, PIERRE,
GUIDES, DRAGONS.

MATHIAS, *arrivant aux cris,*

Qu'y a-t-il, mes enfans? qu'y a-t-il?

TOUS LES MOINES, *qui se sont arrêtés au fond.*

C'est Lion!

MATHIAS.

Lion!

Il descend le perron et court avec les autres.

PIERRE, *au fond, en tête de tous ceux qui regardent.*

Pauvre animal, il plie sous le fardeau.

Lion, haletant, des taches sanglantes aux flancs et à la
tête, apporte le petit Louis à cheval sur son dos et lui
embrassant le col de ses bras.

TOUS, *à son arrivée.*

C'est un enfant!

ALIX, *se soulevant avec impétuosité du banc où elle
était assise.*

Un enfant! (*Elle retrouve de la force pour s'é-
lancer et tomber à genoux devant Lion, qui arrive
à elle.*) Mon fils! mon Louis!

*Elle enlève l'enfant de dessus le chien, qui se couche à côté
d'elle, et dans son ravissement elle partage entre eux
deux ses caresses.*

MAUFILATRE, *resté seul à l'écart, oublié sur le roc
où il achève sa vie, à l'aspect de ce tableau de
bonheur se soulève, épouvanté, aperçoit Louis
dans les bras de sa mère, et essaie de faire un
pas en s'écriant.*

Vivant! (*Il retombe anéanti.*) Mon châtiment va
commencer, Dieu existe!

MARGERIN, *au milieu de la scène, montrant de la
main son enfant et sa femme.*

En voici la preuve.

Maufilatre tombe mort, son manteau s'ouvre et laisse
échapper le rou....... contenant les titres qu'il avait
jusqu'à ce ...... cachés sur sa poitrine.

FIN.

PARIS. — IMPRIMERIE DE ... DONDEY-DUPRÉ,
Rue Saint-Louis, n° 46, au Marais.

www.ingramcontent.com/pod-product-compliance
Lightning Source LLC
Chambersburg PA
CBHW060908180626
46818CB00004B/1880